La Nouvelle Bibliopolis

Voyage d'un novateur
Au Pays des Néo-Écono-Bibliomanes

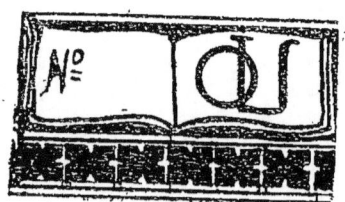

LES ÉVOLUTIONS DU BOUQUIN

LA
Nouvelle Bibliopolis

Voyage d'un novateur
Au Pays des Néo-Icono-Bibliomanes

PAR

OCTAVE UZANNE

LITHOGRAPHIES EN COULEURS ET MARGES DÉCORATIVES
de H. P. DILLON

Frontispice à l'eau forte d'après Félicien Rops

Nombreuses Illustrations Dans le Texte et Hors Texte

A PARIS

Chez HENRI FLOURY, Libraire-Éditeur
1, Boulevard des Capucines.

1897

LA NOUVELLE BIBLIOPOLIS

*Le Symbolisme et la Littérature des Jeunes
de Notre Heure.*

ÉLANCOLIEUX, dans le calme brumeux et la monotonie un peu grave de ce dernier automne, je songeais que le temps bientôt allait renaître de l'abondante éclosion de tant de livres nouveaux. Les abeilles de lettres durant tout le printemps et tout l'été ayant butiné aux haies en fleurs de la fantaisie, sur tous les buissons de l'étude, de la méditation ou du caprice, les premiers froids, pensais-je, les doit bientôt rassembler autour de la ruche et chacune, avec une activité inconcevable, aura tôt fait de construire son rayon particulier.

Chacun de ces nouveaux rayons aura la couleur jaune qu'affectent ceux des ruches champêtres. Le goût seul en sera moins délicat. Tous ces rayons sont des livres ; ils ne sont point pétris avec le suc des fleurs de Dieu, mais c'est la dure et rude pensée de l'homme qui en a rassemblé les feuillets. Une senteur violente d'imprimerie s'exhale de l'agglomération de tant de pages ; le miel des œuvres annoncées ne flattera pas autant l'odorat des lectrices que celui que, durant leurs villégiatures, leur auront servi les femmes des campagnes, avec la miche de pain bis et le bol de lait chaud ; mais la substance, peut-être, en sera plus succulente encore, meilleure à absorber et à connaître.

Chaque année, la Bibliopolis ancienne s'augmente d'un étage de livres. Les millions de regards qui lisent, les milliers de mains qui coupent avec ardeur les pages pliées des éditions, vont avoir à s'exercer tout un hiver avec tant de récits et de romans, de poèmes et de voyages, de théâtres et de nouvelles. Le résultat de tant de labeur sera-t-il — hélas ! — aussi

satisfaisant pour la Pensée humaine et la
Beauté morale que dans ces temps déjà
lointains où les romanciers écrivaient
moins, où les poètes étaient plus sobres et
les dramaturges moins prolixes?

Ce grand point d'interrogation retint
longtemps mon attention anxieuse. Et le
doute de l'effort, le doute des belles choses,
des lectures fortes, des idées neuves me
saisit peu à peu avec une insistance si
cruelle que, lentement, le dégoût me prit
de tous les pauvres rayons jaunes des
Abeilles de Lettres, de tous les tristes
livres nouveaux que je n'avais pas encore
lus, mais que je savais d'avance pareils à
tant et à tant d'autres déjà pris et coupés,
lus et jetés à la voirie des bouquinistes.

N'y a-t-il pas encore cette année, pensai-je, des livres nouveaux, de vrais livres
nouveaux, écrits avec une tournure originale, avec un talent digne et fier, des
livres où l'hésitation et la recherche se
montrent peut-être encore, où transparaît
une éblouissante lumière d'espoir, de ten-
dresse, de force et de vérité? — N'y a-t-il pas

de livres de jeunes..., des livres d'aurore?

L'automne venait de temps à autre frapper aux vitres de mes fenêtres avec ses douces mains de feuilles mortes. Ces feuilles tombaient si légères qu'on eût très souvent dit des ailes tranquilles d'oiseaux, alourdies par le froid vif.

Et les feuilles des livres tomberont ainsi tout à l'heure devant moi, les feuilles des ouvrages que l'oubli réclame déjà pour son automne morose battront ainsi entre mes mains, comme si elles étaient brisées par l'incroyable silence.

— Cette douleur ne sera pas! dis-je tout à coup en me raidissant contre l'ennui qui naissait des choses. — Il doit y avoir quelque part des livres que j'ignore, des livres qui me parlent enfin de choses que je n'ai point coutume d'entendre dans le courant commerce des librairies!

Comme j'achevais de former ce vœu, le serviteur entra et me fit passer la carte d'un jeune et dévot lettré qui, paraît-il, semblait avide de me connaître et dont je me souvenais d'avoir entendu parler, dans l'un de ces milieux « Mystico-symbolistes » où je m'aventurai plus d'une fois.

Cette arrivée inattendue, dans l'état de vague inquiétude littéraire où m'avaient plongé mes réflexions sceptiques me parut providentielle et de bon augure :

— Mon cher monsieur X..., lui dis-je, l'accueillant avec une effusion à laquelle sans doute il était loin de s'attendre, mon cher monsieur X..., vous arrivez juste à temps précis pour me sauver de l'affreux suicide où le doute des livres m'allait jeter. Je cherche des œuvres nouvelles, des romans inlus, de beaux poèmes d'une poétique rare.

— Tout cela existe, affirma M. X... avec un sang-froid imperturbable.

Pour le coup, je fus surpris, et cela à un tel point que M. X... crut bon de me laisser souffler quelque peu en ajoutant :

— Depuis dix ans, cher monsieur, une génération de jeunes hommes travaille en silence à trouver une expression d'art plus élevée et plus en rapport avec le génie moderne ; des écrivains qui, au début, se débattaient dans l'obscurité la plus profonde et dans l'inconscience même de

leurs aspirations se produisent aujour-
d'hui avec une lucidité extraordinaire et
se présentent aux suffrages des lecteurs
avec un nombre assez considérable de
livres remarquables. Je ne dis pas que
tous ces livres vaillent au même point.
Une grande quantité ne seront lus que
quelques heures, dans les siècles qui vont
suivre ; une quantité encore plus considérable sera destinée à disparaître de la
mémoire des hommes ; quelques-uns seulement, de cette période et de ce groupe,
subsisteront toujours pour attester que
l'effort n'aura pas été vain auxquels se
seront voués, durant toute une vie, quelques hommes dont le courage et le talent
n'auront trouvé dans l'opposition de la
presse et l'ironie des professeurs qu'un
encouragement plus impérieux encore à
persévérer dans leurs essais...

— Je savais bien, dis-je, cher monsieur X..., qu'Edgar Poë, Barbey d'Auré-
villy, de Nerval, Baudelaire, Villiers de
l'Isle-Adam avaient conçu, dans un genre
inexploré jusqu'ici, quelques œuvres
extrêmement suggestives. J'ignore jusqu'à

quel point votre *Symbolisme* se rattache à ces maîtres dont vous vous réclamez ? Cette expression imagée dont on s'est plu à vous qualifier tout d'abord m'a parfois étonné. En quoi se rattache-t-elle ?... à la vérité ou à la fantaisie ?... C'est ce que je vous laisse le soin de m'exposer.

— Il y a, — dit alors M. X... avec un petit air extra-fin, — plusieurs manières d'interpréter le *Symbolisme* ; il n'y en a certainement qu'une de l'expliquer ouvertement, à mon sens. *Le Symbolisme est l'art qui consiste à élever jusqu'au général, un fait accidentel ;* la façon avec laquelle on prévoit l'enseignement du Verbe détermine une conception plus ou moins haute des moyens littéraires ; tout ce qui est trop immédiat dans l'évolution journalière dure aussi peu que les modes furtives de nos femmes ; au-dessus du fait quotidien incapable de valoir absolument, selon la perfection suprême, s'établit le concept solennel d'une expression aussi invariable que possible. Celui-là seul qui aura la volonté assez puissante et la logique assez solide pour travailler de

toutes ses forces à acquérir cette façon
de s'exprimer, méritera l'épithète raillée,
parce qu'incomprise, de *Symboliste*. Par-
venu à cette manière supérieure de
juger, le poète s'approchera davantage
de la beauté parfaite. D'une part, il dé-
daignera les grossiers moyens des naturalistes ; il haussera l'émotion de pensée à une altitude autrement supérieure ;
les joyaux de la phrase ne l'éblouiront
pas non plus ; il ne sera pas le Parnassien
avide de préciosités ingénieuses. Toutes
ses œuvres comporteront une significa-
tion définitive et invariable. Le manque
de compréhension naîtra seul du lecteur,
depuis longtemps désabusé de toute idée
profonde, et la foule ne comprendra pas
d'abord l'expressif génie d'un art où il y a
peu de variété et de pittoresque, mais une
harmonie si parfaite dans les accords, que
la netteté presque classique des formes
en pourra seule celer le sens...

— Je crois, dis-je encore, saisir la vérité
de vos paroles. Votre définition m'apparaît
pourtant bien rigoureuse. En l'acceptant
au pied de la lettre, quelques hommes

seulement me semblent dignes d'accepter
le nom de *Symbolistes*. Le plupart, en effet,
sous prétexte de *symboles* usent d'*emblèmes*
et d'*allégories*. Leur pensée se dilue toute
en métaphysique. Leur art, enveloppé
de l'obscurité des mythes, ne transparaît
point aussi conscient que vous le dites.

— C'est, répondit M. X..., que la plupart
offrirent cette anomalie assez inévitable de
vouloir atteindre *au symbole* par le moyen
d'une langue à peu près déformée. Les
poètes primitifs, Pythagore, Orphée,
Homère, n'écrivirent leurs œuvres qu'*au
moyen d'allusions*. Leurs récits compor-
tent autre chose que ce qui y paraît. Au
delà du voile des motifs un enseignement
d'une clarté ineffable s'illumine pour les
seuls qui l'aperçoivent, à travers l'enveloppe apparente du vieux style. De nos
jours, Richard Wagner et Stéphane Mallarmé, dans la musique et les lettres,
me semblent être les seuls qui aient tenté
rigoureusement l'application de telles doc-
trines. Le *symbolisme* proprement dit n'a
donc que de rares représentants. Le grand
nombre de ceux que le mépris public en-

globe dans cette catégorie s'en différen-
cient dans l'Idée d'une façon aussi nette
que possible. Quelques-uns sont catholi-
ques ou mystiques; d'autres philosophes
ou socialistes; beaucoup préoccupés ou
morbides, à cause de l'exemple fâcheux
où les jetèrent leurs maîtres. Dans la
multitude, quelques jeunes hommes qui,
pour n'être pas de parfaits Symbolistes,
n'en présentent pas moins des préoccupations intellectuelles de premier ordre, se
trouvent mériter une mention toute spéciale d'attentive curiosité...

· J'interrompis encore M. X... :

— A vous entendre, la littérature Symboliste ne vivrait que d'abstractions. Son
éclosion parmi nous ne serait que la con-
séquence probable de la Pensée Allemande.
En Richard Wagner apparaissent *signifi-
catifs*, les mythes légendaires des Ger-
manies. Le poète-musicien a revêtu les
pensées les plus subjectives de l'apparat
merveilleux de mélodies que nul, avant lui,
n'avait trouvées. En Stéphane Mallarmé
l'idéalisme fichtéen et l'idée hégélienne se
trouvent revivre avec une intensité que

double encore le prestige verbal des rimes fabuleuses. Tous deux transposent, dans l'art, l'idée subjective qui est supérieure ; tous deux prolongent au delà de l'enveloppe fictive le domaine prestigieux de la Divine et de la Parfaite Beauté. Ils ne sont point issus de l'esprit français...

M. X... releva la tête, un peu étonné :

— Avouez, cher monsieur, me dit-il, que le Symbolisme n'est plus à expliquer. Vous venez de le définir encore plus aisément que je ne l'ai fait moi-même, en l'interprétant à travers la tendance de ses plus personnels poètes. M. de Wyzewa l'a dit nettement : « Tout est symbole ; toute molécule est grosse des Univers ; toute image est le microcosme de la Nature entière. Le jeu des nuages dit au Poète les révolutions des atomes, les conflits des sociétés, et les chocs des passions. Ne sont-ils point tous les êtres des créations pareilles de nos âmes, issues des mêmes lois, créées par les mêmes motifs (1). Cette définition de notre plus

(1) T. de Wyzewa : *Mallarmé.*

récente évolution des lettres n'est guère
issue de Rousseau et Chateaubriand, de
Victor Hugo ou de M. Renan. On y retrouve
le dialecte plus hautain de l'homme de
Weimar, de Kant et de Schopenhauer. La
subjectivité pure des écoles allemandes a
fourni ces explications. J'avoue qu'elles
sont hautaines et que la masse a peine à les
comprendre. C'est pourquoi — semble-t-il
— nous ne devons aborder qu'avec une extrême réserve ces discussions profondes...

— Vraiment, dis-je alors, *les Symbolistes
ordinaires ne sont donc qu'approximatifs.*
Ils ne répondent point à ces rigoureuses
tendances. Leur talent, d'une personnalité
souvente violente, ne coïncide que par quelques contacts aux préoccupations qui nous
retiennent. Leur individualisme outré les
éloigne les uns des autres. Ils se réunis-
sent seulement sous une étiquette commune afin de lutter plus fortement contre
les écoles actuellement en faveur.

— Parlez-moi donc de quelques-uns.

— Maurice Maeterlinck, Paul Adam,
Émile Verhaeren, Francis Viélé-Griffin,
Élémir Bourges, Georges Eckhoud annon-

cent de rudes combats. Ils ont tous ouvert des portes nouvelles. Leurs livres (1) sont des Bibles fécondes. Avant eux, quelques mots lumineux avaient ravi nos jours rendus moroses par les malsaines préoccupations des derniers romantiques. Paul Verlaine, ce sanglot et ce sourire qui est la chair et est l'esprit, Paul Verlaine dont l'éclosion géniale et inattendue parmi les autres suffirait à démontrer amplement l'intervention d'une divinité dans les progrès humains (2), Jules Lafargue, notre Heine et notre Sterne (3)! Et Rimbaud, cet éblouissant incendie exaspéré (4)! Ah! ceux-ci comme nous les pleurons en-

(1) Maurice Maeterlinck : Théâtre : *la Princesse Maleine, l'Intruse, Pelleas et Mélisandre*, etc. — Philosophie : *le Trésor des humbles*.

Paul Adam : *l'Époque, les Volontés merveilleuses,* critique des mœurs, etc.

Émile Verhaeren, Fr. Viélé-Griffin : *Poésies complètes.*

Élémir Bourges : *le Crépuscule des Dieux; les Oiseaux s'envolent et les fleurs tombent.*

(2) Paul Verlaine : *Poésies complètes.*

(3) Jules Lafargue : *les Moralistes légendaires; les Complaintes.*

(4) Arthur Rimbaud : *les Illuminations; la Saison en enfer.*

semble! Ils n'ont pas été de vains et d'inac-
tifs Narcisses. Toute leur âme s'est épanouie en une rosée bienfaisante dont nous
goûtons éperdument les joies. Nous les
pleurons infiniment, et nous pleurons
aussi Ephraïm Mikhaël (1), emporté à vingt-
quatre ans, admirablement pur comme un
cygne et aussi solitaire que lui; Tristan
Corbière (2), aigrelet pimpant et triste;
Charles Cros, élégiaque, un peu rieur et
tendre ; G. Albert-Aurier (3), ce poète aux
finesses de peintre qui comprenait si bien
Degas et Monet, Manet, Whistler et Raf-
faelli ; Jean Lombard, l'auteur au style
admirablement solide de *l'Agonie* et de
Byzance ; Édouard Dubus, l'exquis rimeur
des *Violons sont partis* ; le comte de Lau-
tréamont, ce sorcier aux visions effrayantes,
ce Félicien Rops des lettres décadentes.
Tous se sont éteints avant qu'ait brillé
pour eux un pâle et pur rayon de gloire...

— Dites-moi, maintenant, priai-je alors,
l'état présent de votre monde « symbo-

(1) Ephraïm Mikhaël : *Poésies complètes.*
(2) Tristan Corbière : *les Amours Jaunes.*
(3) G. Albert-Aurier : *OEuvres posthumes.*

liste » : j'aime à entendre des noms et à
savoir des œuvres.

M. X... se fit une grâce de me répondre :

— Auprès de M. Stéphane Mallarmé,
quelques disciples, toujours fidèles, con-
tinuent à produire sans relâche : Henri
de Régnier, légendaire, mélancolique,
grave et hautain, est certes le plus justement célèbre d'entre tous (1); Albert Mockel, moins guerrier et plus musical, se
complaît aux sonores grâces des subtiles
mélodies (2); Camille Mauclair, lui, est un
lumineux porteur de torches vives (3);
Paul Valéry s'avance au delà des méta-
physiques connues (4) ; André Gide est
plus doux et plus noble peut-être encore (5).

— Mais à côté de ceux qui se relient à
Mallarmé?

— Il y a ceux qui se rapprochent de
Dierx, de Leconte de l'Isle et de Hérédia.
Ceux-là sont moins symbolistes que for-

(1) Henri de Régnier : *Poésies complètes.*
(2) Albert Mockel : *Chantefable un peu naïve.*
(3) Camille Mauclair : *Éleusis, couronne de clarté.*
(4) Paul Valéry : *Essai sur la méthode de Léonard
de Vinci.*
(5) André Gide : *le Voyage d'Urrien Paludes.*

mistes : MM. Pierre Quillard (1), Pierre
Louys (2) et Bernard Lazare (3); M. Louis
Le Cardonnel et M. Stuart Merril (4). Dans
la tradition plus ancienne et se rappro-
chant davantage de celle de Verlanie et
de Laforgue je vois ce somptueux, oriental et si intensément décoratif Gustave
Kahn (5)...

— Est-ce tout?

— Non point! vous ai-je dit déjà, l'évan-
gélique et divine croyance d'Albert Thouney (6) ; l'affolante et trop riche imagination de Saint-Pol-Roux (7); le rare,
précieux et adorablement vieilli parfum
qui s'exhale des poèmes d'Albert Samain (8); vous ai-je entretenu déjà du
lyrisme enflammé d'Emmanuel Signo-

(1) Pierre Quillard : *la Gloire du Verbe.*
(2) Pierre Louys : *Astarté, Aphrodite.*
(3) Bernard Lazare : *le Miroir des légendes.*
(4) Stuart Merril: *les Gammes, Fastes, les Petits Poèmes d'automne.*
(5) Gustave Kahn : *les Palais nomades, Chanson d'amant.*
(6) Albert Thouney : *les Lys noirs.*
(7) Saint-Pol-Roux : *les Reposoirs de la procession.*
(8) Albert Samain : *le Jardin de l'Infante.*

ret (1), de la sinueuse, printanière et élégante fraîcheur de Charles Van Lerberghe ? Vous ai-je détaillé les prosateurs : Marcel Schwob (2) ; Remy de Gourmont (3) ; Charles Morice, Fénéon, Manbel, Mourey, Beaubourg ?...

— Je connais tous ceux-ci, mais vos écoles ?

— Ah ! nos écoles ! Elles se dispersent un peu. M. Ghil n'a plus guère que soi-même pour partisan de ses théories instrumentales compliquées ; le départ de M. Saint-Pol-Roux a lassé les magnifiques ; M. Péladan lui-même se voit abandonné. Les quelques ésotériques se groupent autour de Guaïta et de Papus ; ils délaissent le grand Sâr. Somme toute les poètes romans sont encore ceux qui gardent entre eux le plus d'étroit contact : Charles Maurras, vigilant et plein de verve, défend les théories que M. Jean Moréas et

(1) Emmanuel Signoret : *Daphné, les Vers dorés.*
(2) Marcel Schwob : *Cœur double, le Roi au masque d'or*, etc.
(3) Remy de Gourmont : *le Latin mystique, le Pèlerin de Diane.*

ses élèves se plaisent à mettre en poèmes. Autrement les écoles sont mortes.

— Ainsi dis-je, en manière de conclusion, *le Trésor des humbles*, de Maeterlinck ;
le Crépuscule des Dieux, de Bourges ; *Daniel
Valgraive* et *l'Indomptée*, de Rosny ; *la Che-
vauchée d'Yeldis*, de F. Viélé-Griffin ; *le Mystère des foules* et *Dieu*, de Paul Adam ;
les Campagnes hallucinées et *les Villages
illusoires*, de Verhaeren, quelques autres
œuvres encore, voilà les livres nouveaux,
les poèmes inattendus et les romans que
vous me conseillez de lire, dont je connais
beaucoup, et qui, si j'en crois votre parole,
feront bientôt briller d'un vif éclat la *Nouvelle Bibliopolis*.

M. X... me regarde fixement. Un sourire indéfinissable parut illuminer un instant ses yeux. Je compris que ma hâte
le navrait. Il se rapprocha en effet un instant de moi, et, ayant cessé de m'entretenir des poèmes et des romans symbolistes, il me narra le théâtre futur, issu de
Villiers, d'Ibsen et de Björnson ; puis, après
le théâtre, la Philosophie toute transfor-
mée par l'influence cosmopolite, de Tolstoï

à Emerson et de Spencer à William Morris...

Un instant je me reportai à mon anxiété
de tout à l'heure. Et je pensai que ma
détresse n'existait plus. Ce jeune poète
venait d'écarter devant mes yeux le rideau
nébuleux de l'avenir éclatant. Involontai-
rement le souvenir de Gœthe, annonçant
pour les temps nouveaux l'éclosion d'une
littérature, d'une poésie et d'un art plus
grandioses me revint en mémoire. Longtemps encore j'écoutai M. X... Et quand
il fut parti je restai de longues minutes
en face du soir à répéter les noms trou-
blants et les œuvres juvéniles dont il m'avait
laissé la liste, comme celle des maîtres de
la littérature de demain.

— Allons, pensai-je, les Bibliophiles contemporains, les Modernes, également ceux
qui vont éclore à la passion des livres
pleins de pensées, pourront encore goûter
des joies infinies à lire et à collectionner
en leurs tours d'ivoire toute cette fraîche
moisson de pensées juvéniles. A tous ces
nouveaux, dont quelques-uns, avouons-le,
sont déjà des vieux, ouvrons largement
nos bibliothèques. C'est à leur contact

que nous devons renouveler les sensations de notre esprit.

Les hommes de talent des générations
littéraires qui apparaissent au soleil de la
publicité sont les porte-drapeaux des
éternelles revendications d'art; ils sont
comme les symboles mêmes de la *Nouvelle
Bibliopolis*. Déjà ils viennent relever les
postes, bientôt la ville leur appartiendra.
Saluons donc, avant de nous préoccuper
des collectionneurs et de la décoration des
Livres, les ouvrages que nous lirons; et que
nous relirons avec notre passsion d'archivistes du beau et du rare, ceux sur lesquels
nous mettrons notre marque de possession, ces puériles vignettes : nos *Ex Libris*.

LA BIBLIOPHILIE CONTEMPORAINE

Ses Origines. — Ses Étapes.
Ses Tendances actuelles.

1

EUGÈNE RENDUEL, ÉDITEUR DES ROMANTIQUES
D'après un Portrait d'Auguste de Châtillon, peint en 1836.
Appartenant à M. Adolphe Jullien.

LA BIBLIOPHILIE CONTEMPORAINE

Ses Origines. — Ses Étapes.
Ses Tendances actuelles.

♣

ADAME la Mode, cette actrice en éternelle représentation, à qui nous avons vu jouer, en tous Pays, un rôle si considérable dans les idées, les opinions, les théories sociales de notre XIXe siècle, cette Mode tyrannique dont, tour à tour, les sciences, la littérature, la politique, la médecine, l'esthétique, ont subi et subissent encore inconsciemment la direction incohérente et fantaisiste; la Mode, dont le spectre est une girouette, et qui se couvre malicieusement du masque du progrès pour influencer les masses; la Mode, cette reine des femmes et cette impérieuse dominatrice des passions de la foule, s'est

également imposée sur le goût et l'amour des Livres, exerçant sur *Bibliopolis* une action puissante, qui est en bonne voie de métamorphoser singulièrement le commerce de la librairie, aussi bien en France qu'à l'étranger.

On peut dire que, depuis le xviie siècle jusqu'au milieu de notre

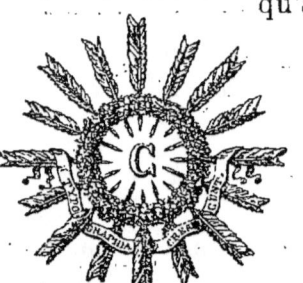

xixe, la Bibliophilie fut plus particulièrement, plus rigoureusement rétrospective. On aima les livres par curiosité et aussi par une naturelle attirance vers l'histoire de l'esprit humain ; on les rechercha plutôt comme des témoins bien conservés ou comme spécimens caractéristiques d'un passé glorieux. On eut quelque orgueil à faire valoir leurs provenances ; on les désira habillés de ce bon vieux maroquin poli par le temps et dont les teintes passées, harmonieuses, font valoir plus encore que la fraîcheur d'exécution l'éclat des ors ou la spendeur des armoiries de nos grands amateurs de jadis.

On les collectionna avec sagesse et méthode, ces chers livres, apportant dans leur recherche

ILLUST. : Marque typographique de G.-A. Crapelet, vers 1825.

beaucoup de cette prudence et de cette patience
dont on les dota dès leur berceau, alors qu'ils
étaient imprimés par les Antoine Vérard, les
Colard Mansion, les Alde, les Vascosan et
autres maîtres de la typographie primitive.
On ne recueillit tout d'abord que les œuvres
ayant subi les contre-
épreuves de la posté-
rité, et, à côté des
Psautier, de Mayence,
des *Bible* de Stras-
bourg, des Homère,
des Virgile, des
Arioste, des Aulu-
Gelle et du *Songe de
Poliphile*, on recher-
cha, avec un grand

souci de lettré, une sincère passion érudite, les
Chroniqueurs et les Conteurs, Monstrelet et
Boccace, Froissard et Rabelais.

C'est ainsi que se formèrent les grandes Bibliothèques célèbres, celles qui consacrèrent
les noms des Grolier, des Canevarius et de cette
admirable lignée d'amateurs depuis Colbert
jusqu'à la Vallière, et depuis Nodier et Yemeniz
jusqu'au duc d'Aumale et au comte de Ligne-

ILLUST : Vignette du titre de la *Revue des Deux Mondes* en
1832. Gravure de Porret, d'après le dessin de Tony
Johannot.

rolles. Il est évidemment déjà aisé de remarquer la succession des modes parmi ces
successives générations de bibliophiles. Il y eut
des engouements tantôt
pour les incunables, tan-
tôt pour les classiques
grecs et latins, tan-
tôt, pour les con-
teurs espagnols,
tantôt pour les édi-
tions originales de nos
génies dramatiques du
XVIIe siècle ou pour les
auteurs badins du
XVIIIe, superbement illustrés par les Eisen, les Gravelot, les Moreau
le Jeune, les Monnet ou les Duplessis-Bertaux.
Ces modes, toutefois, il convient de le remarquer, se portèrent presque toujours sur des
publications d'époques antérieures, sur des
livres consacrés par la postérité et rarement
elles affectèrent le dilettantisme des ouvrages
contemporains.

♣

L'histoire de la Bibliophilie a été fréquemment écrite, sous diverses formes et d'après
de multiples programmes; mais je ne crois

ILLUST. : Vignette du GIL BLAS de Jean Gigoux. (Paulin, édit.)

point qu'elle ait jamais été étudiée au point de vue exclusif de la variation dans les idées et les goûts des amateurs. Je ne suppose pas davantage qu'un érudit se soit encore appliqué à recher-cher la part de va-nité, d'ostentation, de snobisme, qui à toutes les épo-ques s'est insi-nuée et confon-due dans l'appa-rente passion des livres. Ce serait pourtant un des côtés de l'histoire qu'il serait amu-

sant de mettre en lumière dans un sens philosophique. Il ne nous serait pas indifférent, par exemple, de pouvoir constater qu'au XVIIe siècle, aussi bien qu'au XVIIIe siècle et de nos jours, les grands collectionneurs de livres ne furent que très rarement des connaisseurs éclairés, des artistes de goût ou des savants impeccables. Parmi ceux-ci il y eut assuré-ment un nombre excessif de faux croyants et d'incurables ignorants qui, par genre, pour se

ILLUST. : Vignette de Jean Gigoux pour le *Gil Blas* de 1835.

mettre au rang des hommes de qualité, formèrent, avec l'aide de secrétaires distingués,
de Bibliothécaires savants, d'importants cabinets dans l'esprit du jour, n'ayant pour unique
préoccupation que de paraître doctes et de
briller aux yeux de leurs contemporains.

La revue des femmes futiles et des reines de
la main gauche qui laissèrent après elles des
bibliothèques savamment préparées et délica-
tement reliées suffirait à démontrer quel fut
naguère l'empire de la Mode parmi les courti-
sans et les courtisanes des régimes disparus.
Chaque époque, en Bibliophilie comme en
tout autre chose, a déployé avec éclat ses
emballements irraisonnés, ses raretés sur-
faites et accusé ses tendances vers une même
catégorie d'éditions ou un même genre de
littérature. L'histoire des variations dans le
goût des livres ne pourrait mieux s'étayer que
sur l'histoire des modes, des mœurs et des
idées en France; car tout s'y modèle ou s'y
transforme selon les expressions d'une esthétique très versatile, qui, à vrai dire, en notre
doux pays, se métamorphose comme une fille
de Protée plus de trois fois par siècle.

Il ne m'appartient pas, en ces quelques
pages de causerie, de faire le sommaire ou le
précis de cette étude curieuse; mais je dois
exposer, au début de ces notules sur la Biblio-

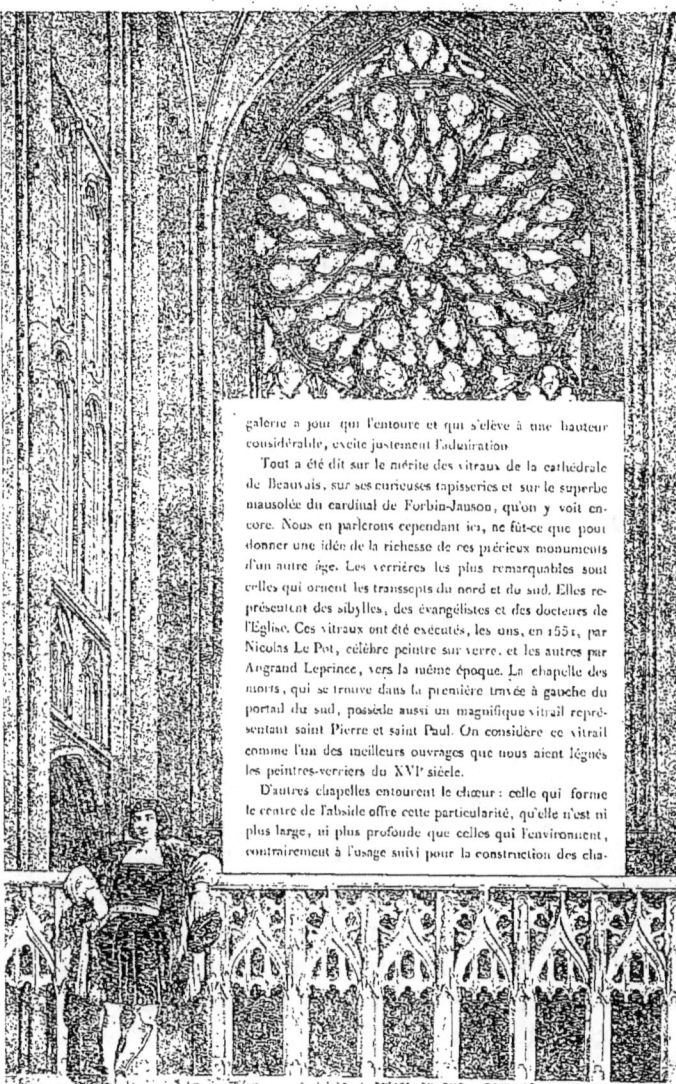

galerie à jour qui l'entoure et qui s'élève à une hauteur considérable, excite justement l'admiration

Tout a été dit sur le mérite des vitraux de la cathédrale de Beauvais, sur ses curieuses tapisseries et sur le superbe mausolée du cardinal de Forbin-Janson, qu'on y voit encore. Nous en parlerons cependant ici, ne fût-ce que pour donner une idée de la richesse de ces précieux monuments d'un autre âge. Les verrières les plus remarquables sont celles qui ornent les transsepts du nord et du sud. Elles représentent des sibylles, des évangélistes et des docteurs de l'Église. Ces vitraux ont été exécutés, les uns, en 1551, par Nicolas Le Pot, célèbre peintre sur verre, et les autres par Angrand Leprince, vers la même époque. La chapelle des morts, qui se trouve dans la première travée à gauche du portail du sud, possède aussi un magnifique vitrail représentant saint Pierre et saint Paul. On considère ce vitrail comme l'un des meilleurs ouvrages que nous aient légués les peintres-verriers du XVIe siècle.

D'autres chapelles entourent le chœur : celle qui forme le centre de l'abside offre cette particularité, qu'elle n'est ni plus large, ni plus profonde que celles qui l'environnent, contrairement à l'usage suivi pour la construction des cha-

ROSACE DU SUD. CATHÉDRALE DE BEAUVAIS.

Page réduite, extraite des *Voyages pittoresques dans l'Ancienne France (Beauvais)*.

philie contemporaine, que si la Mode semble
avoir accéléré ses variations au cours de ce
siècle, dont la production fut si torrentueuse,
nos prédécesseurs durent — dans des proportions peut-être moindres — compter avec
elle, et que nous ne sommes en définitive ni
meilleurs ni pires que nos devanciers.

Marque d'édition
de Poulet-Malassis.

La Bibliophilie mo-
derne, qui commence à
préciser nettement à
l'heure présente son
mouvement d'évolution,
et qui déjà a su mettre
en discrédit le Livre
ancien si longtemps adulé, envié et accueilli
avec dévotion dans
les ci-devant bibliothè-
ques, cette Bibliophilie
nouvelle qui attire sur
elle l'attention, qui sous
peu formulera ses lois avec autorité, exposera
ses ambitions, exprimera son art, cette rénovatrice encore discutée dans notre pays réactionnaire, possède à la fois comme moyens
d'action la jeunesse, la raison, l'esprit d'aventure et d'initiative.

Elle est destinée à vaincre tous les obstacles,

toutes les oppositions, car elle arrive bien munie pour intéresser directement les hommes par l'art, l'ingéniosité, la recherche des procédés nouveaux et même par l'agio qui s'attache à ses productions. — Elle a pour elle le présent et l'avenir, car elle prétend rompre avec les traditions et les routines, donner aux auteurs de ce temps une typographie inédite, un caractère déterminé, ainsi que des expressions et des formes décoratives jusqu'alors inconnues. Elle peut et doit donc affirmer sa suprématie sur des œuvres trop idolâtrées des xve, xvie et xviiie siècles. Adoration n'est pas toujours raison.

La Bibliophilie moderne, telle que je la puis considérer et apprécier actuellement en France, dans ses curieuses tentatives et ses manifestations de renouveau, mérite d'être envisagée rapidement, tant au point de vue de son

Marque de J. Hetzel.

origine et de ses tendances qu'à celui des nombreux adeptes qu'elle a formés et des arts qu'elle doit nécessairement créer et alimenter.

Dans les quelques lignes succinctes qui vont

suivre, je m'efforcerai de préciser en quelque
sorte les principales étapes de l'art Bibliophilique contemporain et d'indiquer par qui
furent placés les Jalons qui indiquèrent sommairement la voie à tracer.

❧ ❧ ❧

Durant les quarante premières années de
ce siècle, il n'y eut en France aucun effort
voulu, aucun dilettantisme cherché en biblio-

technie, aucune préoccupation artistique du renouveau
du livre, qu'on ne concevait
pas d'ailleurs comme pou-
vant être spécialement exécuté par une élite d'ama-
teurs et de curieux. Sous
l'Empire et sous la Restau-
ration, on imprima des « horreurs » d'un style
néo-gothique ou napoléo-grec, sans le moindre
intérêt ni dans la forme de la typographie, ni
dans les illustrations, qui furent généralement
fades et médiocres.

Pour être juste, il convient de citer toutefois,
malgré ses imperfections, le monument glorieux élevé à notre librairie vers 1820 par la
publication de ces admirables *Voyages pitto-*

ILLUST. : Marque de l'éditeur disparu Léon Wilhem (1878).

resques en France écrits par Charles Nodier, le baron Taylor et de Cailleux et illustrés d'encadrements lithographiques d'une rare ingéniosité et d'une beauté d'exécution sur pierre qu'on ne dépassera sans doute jamais.

Le goût romantique succéda à ces productions composites, mais, sauf quelques eaux-fortes ou lithographies de Nanteuil, quelques beaux ouvrages de Renduel illustrés de vignettes sur bois plutôt extravagantes que vraiment originales, on ne vit pas de 1830 à 1840, sortir dix ouvrages vraiment hors ligne des presses parisiennes. Les publications de

1830 ne sont recommandables que par la laideur de leur expression d'ensemble, par la fragilité et la rugosité de leur papier de coton, par l'excessive dimension des blancs et des marges et par la puérile prétention de la bizarrerie dans le caractère de la gravure et de l'impression. Peu ou point d'art dans les ornements décora-

ILLUST. : Première marque éditoriale de A. Lemerre, vers 1875.
— Marque de Damas Jouaust, imprimeur-éditeur.

tifs, aucun essai original pour les frontispices
et les couvertures. La folie humaine cependant

ne perd jamais ses
droits, et les premières
publications de Victor
Hugo, de Musset, de
Théophile Gautier, de
Pétrus Borel, et de tant
d'autres sabreurs de
classiques eurent leur
heure de succès et de
folles enchères, malgré
le néant de leur beauté réelle ou parfois même
de leur valeur intrinsèque.

En 1840 apparut enfin une génération d'éditeurs qui, sans songer
aux Bibliophiles propre-
ment dits, s'efforcèrent
néanmoins de ramener,
non sans beaucoup de
sens et d'esprit, l'art et le
goût dans l'ordonnance
et la confection du livre.
— Les Curmer, les Bour-
din, les Perrotin, les Ja-
net, les Dubochet, les Fournier, les Paulin,

Illust. : Marques des éditeurs A. Claudin et Auguste Aubry,
ce dernier disparu, directeur jusqu'en 1880 du *Bulletin du
bouquiniste.*

les Hetzel, s'inspirant peut-être à vrai dire, de
certaines publications du style « keepsake »
des Anglais, mirent au jour coup sur coup
de sérieux et superbes ouvrages, demeurés
depuis lors célèbres, et qui, après avoir été
dépréciés, vendus presque au poids du papier,
traînés sur les parapets des quais, furent depuis plus de quinze ans, — sur la poussée de
certains bibliopoles spéculateurs, — recher-
chés avec passion.

Tel est le destin des choses de ce monde et
plus particulièrement de nos chers amis les
livres. C'est ainsi que les éditions du *Paul et
Virginie* de Johannot, du *Gil Blas* de Gigoux,
du *Jérôme Paturot*, et des *OEuvres choisies*
de Gavarni, sans oublier *les Français* et *les
Anglais peints par eux-mêmes*, ont eu longtemps
à subir les influences des modes et la loi des
tardives appréciations. — Aujourd'hui ils ont
été consacrés par les libraires intéressés à leur
vogue, les Bibliophiles n'ont fait que suivre le
mouvement qui était bien, il faut le dire, aussi
habilement préparé qu'un coup de Bourse.

☙

De 1840 à 1850, ce mouvement rénovateur
dans l'édition française s'accentua, puis dé-
crut. — Ce fut Poulet-Malassis qui vint souder
un nouvel anneau à la chaîne historique de

notre librairie d'art et poser véritablement les
assises de la Bibliophilie contemporaine.

Le nombre des livres publiés par Auguste
Poulet-Malassis n'est pas excessivement im-
portant, bien qu'il ait eu l'honneur d'un catalogue spécial. Le luxe des publications sorties
de sa boutique du passage des Princes n'affecte
pas une allure anormale ni un aspect éclatant.
A peine quelques jolis frontispices à l'eau-forte,
des titres rouge et noir et une typographie
soignée et élégante. C'était un début modeste,
mais, au moins, Malassis inaugurait une
manière en éditant, d'une façon correcte et
déjà raffinée, les auteurs les plus audacieux
du temps. Il mettait Baudelaire en vedette, à
côté de Banville, de Théophile Gautier, de
Leconte de Lisle, de Vitu, de Glatigny, de
Monselet et de vingt autres poètes et prosateurs de premier ordre, ouvrant ainsi à la littérature d'art un asile, créant un mouvement,
inaugurant la théorie des *Pauci sed selecti*, qui
fut depuis si chère aux vrais lettrés et à tous
les nouveaux colligeurs de livres, soucieux du
tirage à petit nombre.

Malassis disparut, fit faillite, devint bibliographe, édita en Belgique des *Curiosités,* bref
il ne poursuivit pas avec un succès mérité son
entreprise; peu importe! — Il avait semé une
idée qui ne tarda pas à être reprise pour le

compte d'Alphonse Lemerre, lequel devint l'éditeur des Parnassiens et le publicateur des anciens poètes de la pléiade, depuis Clément Marot jusqu'à Ronsard et Du Bellay, depuis Hugo jusques à Verlaine.

Jouaust apparut alors, fondant cette Librairie des Bibliophiles qui, durant près de vingt ans, publia avec des procédés d'illustration à l'eau-forte presque tous les chefs-d'œuvre de notre littérature en éditions à petit nombre, avec tirages spéciaux sur grand papier, sur chine et sur wattman — le japon vint plus tard). — La Bibliophilie moderne avait dès ce moment une véritable base d'opération et toute une génération d'amateurs semble avoir alors pris son essor en France, et aussi

ILLUST. : Marque dessinée en 1890 pour le *Livre moderne,* par Eugène Grasset. — Seconde marque (Daphné) composée à l'eau-forte par Félicien Rops pour Octave Uzanne.

à l'étranger. Des éditeurs sortaient de toute
part, après la guerre franco-allemande : les
Bachelin-Deflorenne, les Auguste Aubry, les
Techner, les Claudin, les Rouveyre, les Glady

frères, les L. Wilhem, les
Daffis, les Baur, les Be-
nassis, combien d'autres
aujourd'hui oubliés ! à ce
point que les publications
de luxe foisonnèrent vers
1880, avec une si grande
abondance et une telle
poussée d'œuvres médio-
cres que la débâcle fatale,
logique, prévue, arriva, la production dépas-
sant de beaucoup la consommation. — Il ne
resta plus sur le marché parisien que les
derniers venus, les plus prudents et les mieux
avisés : les Quantin, les Launette, les Conquet, les Testard et quelques autres, qui
depuis se manifestèrent avec la mise au jour
de plusieurs beaux ouvrages exécutés avec
goût.

Mais de tant d'efforts réunis, de si nombreuses tentatives pour la mise en exploitation

Illust. : Couverture du *Book-Mark*, Revue bibliographique
anglaise donnant le prix des livres vendus aux enchères.

réglée de l'amour des livres, il ne s'était
dégagé que fort peu d'œuvres vraiment originales et exprimant dans leurs formes typographiques un désir de sortir du convenu et
du « déjà fait ». Beaucoup d'imitation, peu
de nouveau et d'inédit dans la physionomie
des livres de ce temps. A peine, de-ci de-là,
quelques publications sortant du moule uni-
forme, telles que celles de *l'Éventail* et de
l'Ombrelle, en 1881, en 1882; puis, un peu après,
le beau livre des *Quatre fils Aymon*, mais, somme
toute, il fallait constater une assez grande mé-
fiance du public pour les procédés d'innovation. Il devint nécessaire de combattre l'apathie
générale, de prêcher la croisade contre la routine et l'éternel recommencement. La revue *le
Livre*, puis *le Livre moderne*, de 1880 à 1892, s'y
employèrent avec ardeur ; mais les Bibliophiles de la vieille garde résistèrent longtemps,
refusant de se rendre à l'évidence, protestant,
défendant les vieux us, bien qu'ils sentissent
avec effroi l'édifice crouler de toute part autour d'eux.

Dejeunes amateurs, par contre, se formaient
épousant avec ardeur les idées nouvelles,
sentant le besoin de créer enfin des Livres
de style xixᵉ siècle, de sortir des règles
étroites de la typographie, de renouveler la
gravure et d'apporter dans la décoration exté-

rieure des bouquins une esthétique appropriée
à nos conceptions actuelles, au lieu de recopier sans cesse les reliures types des Le Gascon,
des Duseuil, des Derome et des Thouvenil.

On peut dire aujourd'hui que la victoire se
trouve glorieusement dessinée en faveur des
modernistes. On oublie même un peu facilement combien la lutte fut opiniâtre, mais
comme il arrive souvent, les adversaires et les
indifférents dans la bataille sont ceux qui
mènent aujourd'hui le plus éclatant tapage au
camp des victorieux.

Soyons contemporains! — Tel est le mot
du jour ; les ventes de livres de ce Siècle obtiennent de retentissantes enchères et, tandis
que se terminent, non sans inquiétude, les
illustres adjudications des derniers bibliophiles de grande marque clients de Porquet,
tandis qu'agonisent les prix des Livres, selon
les vieilles formules, le libraire Morgan, — le
Quaritch parisien, naguère encore le rempart
des livres d'antan et des vieux maroquins, —
déclare à tout venant qu'il voit venir avec
effroi le moment où il sera contraint de se
consacrer au moderne et que les temps sont
proches où les Alde, les Vascosan, les Plantin
les plus extraordinaires seront délaissés pour
les grands beaux livres de ces dernières années,
enrichis de dessins originaux et vêtus d'un

habit mosaïqué, fleuri ou ciselé, à la mode du jour.

Il faut en accepter l'augure !

❧

La Bibliophilie moderne possède actuellement un champ d'exercice presque illimité, car il appartient à chaque amateur intelligent de choisir sa voie parmi les innombrables chemins dont son domaine est sillonné.

La production littéraire de ce temps est si abondante que chacun peut rêver de parures hors ligne pour ses auteurs préférés.

C'est à qui cherchera des éditions solides à larges marges, sur fort papier de Hollande ou d'Angleterre, pour les faire illustrer à grands frais à un exemplaire unique par certains artistes aquarellistes connus et qui se sont adonnés à l'exercice lucratif de cette spécialité, sinon pour les confier à des maîtres peintres illustrateurs de ce temps.

ILLUST. : Marque des éditeurs GLADY frères, vers 1881.

On abandonne les grands génies classiques
de l'humanité pour s'occuper de mettre en

valeur les textes de Flau-
bert, de Zola, de Daudet,
de Loti, de de Goncourt,
de Maupassant, qui nous
causèrent de si exquises ou
de si profondes sensations
intellectuelles. De celui-ci
on choisit une nouvelle
considérée comme chef-
d'œuvre; de celui-là, on
extrait un conte qu'on ad-
mire à l'égal d'une perle
rare; de tel autre, on élague l'œuvre parasite,
le superflu, le remplissage, et l'on forme ainsi,
de-ci, de-là, des bibliothèques choisies, raffi-
nées, qui, si elles ne contiennent pas toute
l'élite des productions de ce jour,
offrent au moins une sélection
intéressante et conforme à la
fantaisie ou au goût de son propriétaire.

Nous ne pouvons encore
observer et juger sainement
ce que cette façon de faire pourra produire de
définitif ni ce qu'elle léguera à nos descen-

Illust. : Marque des éditeurs Tresse et Stock. — Marque typographique de l'imprimeur et typologue Claude Motteroz.

dants, mais, en tout cas, la tentative est heureuse; elle encourage les jeunes artistes et les
enrichit quelquefois. Elle forme des petits
Mécènes, et crée un nombre considérable de
livres uniques et originaux qui sont et seront
fort amusants à regarder, et pourront peut-être
inspirer et documenter les éditeurs de l'avenir,
tentés de fournir une réimpres-
sion de tel ou tel de nos romanciers ou conteurs, — si tant est
toutefois que ceux-ci aient
chance de survivre aux faciles
engouements de l'heure présente.

Les Bibliophiles modernes
se sont enfin rendu compte, après le dé-
luge de nouvelles éditions illustrées qui se
sont succédé et qui, toutes, s'attaquaient,
depuis vingt ans, aux œuvres de Sterne,
de l'abbé Prévost, de Voltaire ou de Jean-
Jacques Rousseau, qu'on ne peut être vraiment
documenté au point de vue de l'illustration
que sur son propre temps, et que tenter la reconstitution des époques disparues pour mettre en scène *Manon Lescaut* ou *Clarisse Harlowe*,
le *Voyage sentimental* ou *Candide*, les *Confessions* ou toute autre œuvre du siècle dernier,

Illust.: Marque de la maison d'édition fondée par Henri Plon.

est une singulière folie qui n'aboutit jamais qu'à des à peu près illusoires.

On a donc abandonné peu à peu, avec raison, les publications rétrospectives, qui n'ont été que trop souvent éditées sous tous les formats possibles, et lentement le Bibliophile s'est appris à ne plus s'enthousiasmer pour des textes gothiques illisibles non plus que pour les primitifs volumes peu agréables à l'œil des éditions classiques.

Il a eu la notion de la valeur de son mi-lieu, et la curiosité lui est venue de voir reproduite la physionomie directe des choses parmi lesquelles il se meut. C'est alors qu'il a négligé les anciens textes pour les nouveaux, et tous les bibliophiles des générations montantes ont emboîté et emboîteront plus fermement encore le pas aux novateurs dans un avenir assez prompt. La fortune des vieux livres se trouve ainsi ramenée à des conditions plus normales : c'est une loi générale, en art moderne, d'établir des praticables pour les nouveaux venus, de soigner ses proches, c'est pourquoi les prix

Illust. : Vignette monogramme de Félicien Rops pour Octave Uzanne. Reproduction d'après une eau-forte.

atteints par les Meissonier ou les Millet dé-
passent depuis vingt ans, on le sait, ceux des
plus beaux Titien ou des plus éclatants Véronèse.

Durant ces cinquante dernières années, les
modernes amateurs qui
aiment et recherchent
ce que l'on nomme
la *Curiosité*, ont, s'ils
le veulent bien, d'am-
ples moissons à espérer
récolter parmi la foison-
nante production litté-
raire et artistique de ce

temps, au milieu de laquelle figurent tant de
journaux satiriques et illustrés, tant de brochures, de pamphlets, de revues, de plaquettes
de toute nature. Ils peuvent dans cette
agglomération découvrir des pièces étonnantes,
former des collections qui serviront à l'histoire
de la littérature et préparer ainsi le travail de
la postérité, lorsqu'il s'agira pour elle, — la
pauvre ! — de se débrouiller au milieu
du terrible chaos que la succession des livres
et, les chutes successives des feuilles imprimées auront créé dans nos archives publiques.

La seule désignation des livres à rechercher,

ILLUST. : Marque symbolique composée par Carlos Schwabe
pour la Revue *l'Art et l'Idée*, fondée en 1892.

des études à tenter, des chemins à tracer au
travers des montagnes d'imprimés de la seconde moitié de ce siècle formerait, seule, un
livre fort abondant, car tout est encore à
faire : bibliographies, index, catalogues, grou-
pements ! Aucun travail d'ensemble n'existe.

Nous nous dirigeons encore à tâtons et en
trébuchant au milien des ruines littéraires de
la veille ; pourquoi nous aviserions-nous aujourd'hui de nous préoccuper plus qu'il n'est
utile des époques que dominent la gloire de
Diderot, Voltaire, Corneille, Montaigne ou
Shakespeare ? — Les siècles passés sont déjà
sillonnés d'investigations ; le nôtre, le Siècle de
Hugo, est encore en friche. Bibliographes et
Bibliophiles ont donc le devoir de ne plus s'at-
tarder aux vagabondages lointains, mais de se
mettre à la besogne en colligeant et recueil-
lant les livres rares et curieux publiés, sinon les
documents inédits, depuis la Révolution jusques à nos jours. Les éditeurs les aideront
d'autant plus volontiers qu'ils sentent dans
l'air ce renouveau du goût public.

On fut naguère indulgent aux tendances
rétrospectives de la librairie française, mais le
moment actuel leur est plus inclément. —
L'éditeur de livres de luxe ou d'érudition doit
aujourd'hui, pour être suivi par les amateurs
et les lettrés, produire des ouvrages essentiel-

lement modernes et exprimant, sinon des formes inusitées, du moins des recherches littéraires et artistiques vers des contrées inexplorées proches de nous et vers des illustrations mises au jour par des procédés inédits.

Chaque génération s'est jusqu'ici toujours efforcée d'exprimer son caractère spécial et de laisser derrière elle une expression de son passage, une formule, aussi bien dans le livre que dans les arts graphiques et plastiques. Nous avons eu pour ainsi dire, bibliophiliquement, différents âges en ces dernières soixante années : l'âge du bois gravé, puis l'âge de l'acier buriné, puis celui de la gravure sur la pierre ou lithographie, enfin l'âge du cuivre ou de l'eau-forte très maniérée; nous sortons à peine de l'âge du zinc et de la photogravure en relief et en creux.

Illust. : Page réduite extraite du livre illustré *l'Ombrelle* (1883.)

La loi des transformations, qui nous pousse en
avant, nous impose une nouvelle méthode.
Nous ne saurions dire ce qu'elle sera, d'où
elle viendra, mais tout nous fait pressentir que
l'effort se portera vers l'illustration en couleur, vers la polychro-
mie, dominant avec
gaieté et éclat la mo-
notonie noire des pages
typographiées.

La couleur doit
triompher dans la dé-
coration moderne des
livres; elle doit éclater
avec fantaisie et idéa-
lisme, non pas en s'ef-
forçant de se rappro-
cher de la nature et
de l'interpréter servilement et photographi-
quement, comme on s'y est appliqué, mais,
bien au contraire, en s'en éloignant volontairement, en demeurant dans une constante
convention, dans une sorte de vague imagerie
irréelle, avec des transpositions hardies de tons,
ainsi que nous l'enseignent les bons Japonais.

C'est de l'Extrême Orient que nous sont
venues nos nouvelles théories de perspectives

Couverture dessinée par Eugène Grasset pour le roman de
Rachilde *A Mort*. Commandée par Monnier, éditeur (1889).

dans l'art, c'est également de là que nous saurons tirer des exemples de mise en couleurs à la fois harmonieuses et franchement opposées.

Déjà la chromotypographie ou typochromie a cherché à s'emparer de la vogue réservée aux ouvrages polychromes, mais elle n'y réussit qu'à moitié. Les aquarelles obtenues par le repérage typographique — outre qu'elles sont fort coûteuses — restent forcément uniformes de valeur dans une même feuille tirée. De plus, quelles que soient l'habileté des découpages, la finesse de la gravure, la précision du repérage, l'aspect général est froid et imparfait ; on y retrouve le procédé brutal, la platitude forcée des reliefs et l'éclat fatigant, désagréable, oléagineux, des encres grasses d'imprimerie. Les couleurs à l'eau employées sur des papiers sans colle, à la façon des Japonais, offriraient certainement un aspect infiniment plus mat et plus conforme à notre idéal ; avec une addition d'alun, de fécule et de glycérine, on les pourrait employer sur nòs presses courantes ; elles donneraient l'illusion de véritables aquarelles se jouant dans les marges et mourant sur la masse serrée du texte ; mais, allez parler de ça aux gens du métier !... La routine s'impose aux imprimeurs, et, comme depuis Gutenberg on imprime les vignettes à l'huile, l'impulsion les force à con-

tinuer. Le préjugé sera toujours plus fort qui
les empêchera de chercher à faire autrement
que leurs prédécesseurs.

La gravure en couleur obtenue en creux,
par une morsure sur cuivre à la teinte, sinon
à la manière noire, au burin ou à la pointe
sèche, donnera, pensons-nous, des résultats
surprenants, lorsque les aqua-fortistes modernes s'appliqueront à étudier la décompo-
sition des couleurs par planches successives et
repérées, à la manière de Debucourt et des
maîtres anglais du
xviiie siècle.

Déjà beaucoup s'y
sont essayés, mais
d'une façon ma-
niérée, avec trop de
travail de pointe, pas
suffisamment d'a-
plats, et en recher-
chant toujours une
originalité par trop inférieure. Dans tous ces
essais on a imité les anciens, on a prétendu
faire de la reconstitution ou du fac-similé
d'aquarelle. Ce n'est point du tout la voie à
suivre pour la chromogravure, qui ne peut

Illust. : Dessin d'une couverture de Paul Berthon pour le
Dictionnaire bibliophilosophique dédié par Octave Uzanne
aux *Bibliophiles contemporains*.

devenir intéressante et personnelle qu'entre les mains des peintres-graveurs et non aux pattes des interprètes, eussent-ils l'habileté de l'excellent graveur Gaujean. — Le peintre Herkomer, de l'Académie royale de Londres, vient récemment de découvrir un procédé de gravure dont on peut espérer les meilleurs résultats d'avenir. Attendons la mise en pra-. tique générale de ce nouveau mode de gravure qui peut-être changera la face des choses.

Ce qu'il faut saisir et mettre en relief avec puissance et talent dans cette rénovation de la gravure en couleur, c'est la vie contemporaine avec son frémissement d'activité et son caractère varié, sa force brutale ; ce qu'il faut rendre, ce ne sont point de mièvres sujets de genre dans le style des Delort ou des Kœmmerer, évoquant des scènes d'opéra-comique ou des peintures romantiques et romanesques, coquettes et sentimentales, mais la note d'art prise sur le fait de notre vie courante, dans le décor même où elle évolue. Ce sont nos types, nos mœurs, notre façon d'être qu'il faut peindre ; ce sont nos misères, nos plaisirs, nos repos, nos travaux, nos luttes, nos usines ; ce sont nos quartiers pauvres, nos cythères et nos campagnes, et tout cela demande à être traité d'une façon large, grasse, vigoureuse, par de vrais artistes, sûrs de leur

dessin et de leur métier d'interprète. Tout fait
supposer que ce siècle ne s'achèvera pas sans
que quelques beaux livres ne soient supérieurement illustrés à l'aide de planches polychromes exécutées par des
maîtres peintres dans
le sens absolu que
nous indiquons ici,
sans y pouvoir insis-
ter.

La chromolithogra-
phie en couleur,
imprimée naturelle-
ment sans l'appoint
brillant d'inutiles
vernis, avec les sim-
ples tubes à l'huile
en usage parmi les
peintres pour leurs tableaux, donnera également de très brillantes illustrations d'aspect
mat et agréable à l'œil. — La lithographie en
noir, quels qu'aient pu être les efforts tentés
pour la ressusciter, n'a aucune chance de revivre dorénavant dans la décoration du livre. Elle
est toujours terne, grise, et le grain, même le
plus moelleux, que lui donne la pierre, ne peut
arriver à se marier heureusement à la netteté

ILLUST. : Couverture du Catalogue des livres d'étrennes de la
librairie Delagrave ; composition de *Léon Rudnicki*.

typographique. — Dans la lithographie en couleur, par pierres successives se repérant, l'effet obtenu est toujours harmonieux, vaporeux, léger, pour ainsi dire dans un second plan très délicat, qui convient admirablement à l'entourage du texte; on en peut juger ici. Dans cet art nouveau, tout est à faire; un jeune peintre-lithographe, M. Alexandre Lunois, a déjà exécuté des ornementations encore inédites qui sont d'un goût exquis. Il faut penser qu'il fera école et que d'autres amoureux du dessin sur pierre le suivront dans cette voie qui demeure largement ouverte à toutes les bonnes volontés.

Ce qui a vécu également, ce qui est enterré définitivement, espérons-le, c'est la gravure médiocre ou banale, le froid burin, la maigre pointe sèche des impuissants interprètes, que certains éditeurs patronnent encore par impossibilité pour eux et incurie de faire autre chose. — La gravure des peintres graveurs apporte seule une expression d'art et offre un intérêt pour l'amateur; l'autre ne signifie que peu de chose, ce ne peut être qu'une plate adaptation plus ou moins réussie où il manquera toujours l'âme de l'artiste créateur.

C'est cependant à ces procédés de seconde main que nous devons une grande partie des livres de bibliophiles qui ont paru depuis

vingt ans chez Jouaust et chez les divers librai-
res-éditeurs qui ont imité sa médiocre façon
d'opérer à la portée de tout le monde. L'heure
enfin approche où les acheteurs, moins ignorants des questions d'art, réclameront autre
chose que des images sans caractère, et où
la fonction d'éditeur pour bibliophiles ne
sera plus à la portée des premiers négo-
ciants venus.

Je me flatte du moins de cette clairvoyance,
et je veux espérer que si la grosse librairie
peut demeurer gérée par des hommes de
flair, à l'esprit ouvert et suffisamment lettré,
l'autre, la librairie d'exception et de luxe, ne
pourra plus, j'imagine, et j'espère, d'ici vingt
ans, se trouver occupée et conduite que par
des artistes chercheurs, intuitifs, connaisseurs
de tous les trucs et de tous les procédés, ca-
pables non seulement de diriger, mais de
suggestionner les décorateurs qu'ils emploie-
ront. — Aux entrepreneurs sans mandat, aux
camelottiers bons vendeurs, succéderont les
Mécènes éclairés ; la Librairie aura, — accep-
tons-en l'augure ! sa Renaissance, ses François Ier, ses Léon X et ses Médicis.

Tout est à faire dans la fabrication même
du livre ; tout est à tenter, depuis le papier
qui se traîne dans un lamentable état de

rengaine, et pour lequel on ne cherche point du nouveau, jusqu'à la forme des caractères qui s'est arrêtée à la conception du peu lisible type connu chez nous sous le nom de Didot et dont on voit mieux le défaut de maigreur et d'*inlisibilité* que la réelle beauté graphique.

Qui nous donnera un William Morris, créateur de caractères pratiques et de belle forme ! — Les Américains et les Anglais font plus d'efforts que nous pour sortir du convenu ; ils créent chaque jour des types tout à fait inédits, des diverses fantaisies typographiques. Leur journaux spéciaux, qui abondent, nous montrent

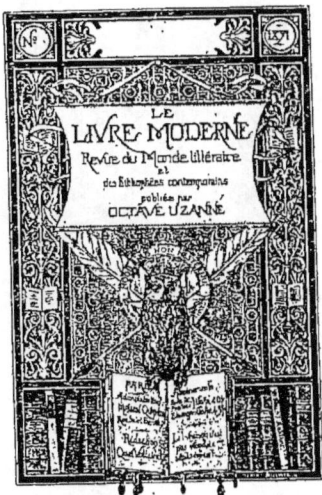

aux pages d'annonces, des spécimens nombreux et curieux. On sent que les fondeurs de caractères se remuent, que les photograveurs se multiplient, que tous les arts du livre s'agitent dans une incessante préoccupation de mieux faire.

ILLUST. : Couverture du *Livre Moderne*, composition de Adolphe Giraldon, gravure sur bois de Quesnel (1890).

Cela est consolant, car, d'où que vienne le progrès, il vaut le salut et la reconnaissance des hommes. Le patriotisme ne peut apporter ici sa vanité étroite ; ainsi que sur tous les champs de bataille, la victoire dans le combat de l'art moderne sera aux plus habiles, aux

plus remuants, aux mieux doués pour la lutte : *Væ victis !*

Malheur aux optimistes ! La philosophie du Dr Pangloss ne convient pas aux nations. — Non, tout n'est pas pour le mieux dans le meilleur des mondes, ce serait affirmer une imbécile loi de stagnation et de stérilité. Le progressiste, nécessairement devient plus pessimiste : il croit au mal pour espérer le mieux, et dans la marche de l'humanité, il n'est point heureusement encore prouvé que le mieux soit toujours « l'ennemi du bien ».

❦

ILLUST. : Couverture de George de Feure pour un volume *Féminies* publié pour les *Bibliophiles contemporains* (1896).

Le bibliophile moderne, disons-nous, a formé peu à peu son éducation ; il n'est pas encore toutefois aussi complètement au courant qu'on le pourrait souhaiter de toutes les sciences techniques du livre. Il se rend très imparfaitement compte des difficultés vaincues, des obstacles surmontés, mais il sait en apprécier le résultat. Son sens est affiné ; il va d'instinct à ce qui est beau ; il apprécie la nouveauté et se déclare las des livres imagés de gravures hors texte sans originalité. Il conçoit fort  bien qu'un beau volume contemporain ne doit pas être seulement un ouvrage d'une correcte typographie avec, de-ci et de-là, tous les deux ou trois chapitres, une estampe quelconque brochée sur onglet, mais il entend aujourd'hui que livre et illustration s'épousent plus légitimement, que le mariage soit plus étroit, plus amoureux, plus complet ; que le bloc soit fondu, entremêlé, indissolublement lié ; le

ILLUST. : Couverture décorative en couleurs, par George Auriol.

texte embrassant les vignettes et les vignettes
se confondant avec le caractère dans une
entente agréable à l'œil, où rien ne choque:
ni la hauteur de page, ni la blancheur de l'in-
terligne, ni la dimension des marges, ni même
l'irrégularité et la mise au rancart des vieilles
lois et règles de la typographie classique.

Bien que des libraires en vogue qui règnent
près des boulevards aient fait le possible pour
pousser le bibliophile contemporain vers la
banalité des typographies surannées ainsi que
vers des publications à type régulier, l'amateur
a résisté ; il a passé outre et ne s'est plus
laissé conduire. Les artistes expressifs l'ont
séduit, les graveurs originaux ont eu son
approbation et l'on peut être assuré de
trouver, à l'heure présente, deux ou trois cents
hommes éclairés en France pour appuyer de
leur crédit et de leur bourse toute publication
d'art, même ésotérique et hermétique, dont
le programme leur serait exposé à l'avance.

Pour la Reliure, le progrès est non moins
appréciable. Depuis quinze ans, toute une
révolution s'est opérée dans la bibliopégie,
et le fameux Trautz-Bauzonnet, qui fit l'admiration de plusieurs générations de bibliophiles

privés de tout sentiment artiste, avec ses décorations poncives n'ayant pour elles qu'une
certaine perfection du métier, n'exciterait
assurément plus aujourd'hui l'enthousiasme à
un même degré. On le discuterait sans ména-
gement, on le déclarerait *coco, vieux jeu,
pompier* — et, de fait, on n'aurait pas tort. — Le
triomphe de la médiocrité nous réserve encore
comme exemple celui de ce vieux papa Trautz
à la mort duquel des fanatiques s'écriaient.
« On ne reliera plus maintenant en France »!

. L'amateur contemporain est plus exigeant;
il ne réclame pas, comme naguère, sur les
plats de ses volumes, de modestes filets, de
sinueux entrelacs, de timides arabesques :
tout cela est bien pâlot, en dépit des fanfares
de dorures qui peuvent éclater sur le poli des
maroquins. Il demande pour ses plats et ses
dos une dépense moins géométrique et plus
conforme à la nature. Les mosaïques polychromes l'ont conquis ; il exige des fleurs
hardiment jetées en travers du livre, des
oiseaux posés sur des branches fleuries, des
allégories ingénieusement conçues, des motifs

empruntés à l'art grec ou au style pompéien ;
il recherche la soie brochée ou les tissus de
ses gardes, la disposition de ses doublures ; il
n'hésite pas parfois à faire graver ses petits
fers, et il sourit de la simplicité de nos prédécesseurs qui — il n'y a pas dix ans encore —
nous parlaient avec emphase de leurs dentelles intérieures, de leurs roulettes et de
leurs huit à dix filets parallèles. — Pauvres
gens !

Comme tout cela est déjà loin de nous, et
combien supérieurs à leurs prédécesseurs,
tout au moins décorativement parlant, aux
Bozerian, aux Chambolle, aux Lortic sont aujourd'hui les Charles Meunier, les Mercier, les
Pierre Ruban, les René Wiener, sans parler des
illustrateurs de reliures plus fantaisistes qui
s'apprêtent à entrer en scène, comme les Victor
Prouvé, les Camille Martin, qui paraissent vouloir créer des ornementations surprenantes
dont on appréciera toute la valeur si elles sont
un jour exécutées par des gens de métier.

❧

Pour nous résumer, on peut dire que l'art
du livre sort à peine de la voie et de la douce
routine que lui laissait suivre docilement une
tradition trop mesquine et trop étroite. Cet

art s'éveille, et — ainsi que tous les arts décoratifs — il est appelé à marcher hardiment en avant, par étapes forcées, durant les dernières années qui nous séparent de 1900. Nous le verrons se développer dans ces proches années

avec une rare surabondance de sève nouvelle avant que de disparaître par la loi des choses et de céder à la fatalité des inventions qui se préparent et qui peut-être le menacent.

Qui pourrait nous dire, en effet, ce que sera l'état de la Bibliophilie en l'an 2000 ? — L'art de l'impression typographique existera-t-il encore à cette date, et le phonographe, aidé du kinétographe que l'ingénieux Edison nous faisait voir pour la première fois il y a trois ans à Orange Park, près de New-Jersey, ne remplaceront-ils pas définitivement le papier imprimé et l'illustration avec quelque avantage ?

Illust. : ÉMILE ZOLA, par Aubrey Beardsley. — Extrait d'une revue des célébrités de l'année, publiée à Londres en 1894.

Personne ne songe encore à s'inquiéter de cette atteinte mortelle dont les métiers graphiques sont menacés, mais il n'est pas trop fantaisiste de prévoir la mise en désuétude de l'invention de Gutenberg, et ce n'est pas ébaucher un paradoxe que d'envisager cette opinion au passsage, à savoir : que peut-être nous sommes les derniers bibliophiles sous la forme passionnelle du Livre imprimé. Nos fils, sinon nos petits-neveux, écouteront sans doute sur un cylindre phonographique les phrases de nos littérateurs futurs qu'ils ne liront plus, et par un retour de toutes choses, les rouleaux pour phonographes joueront un rôle analogue à celui que jouèrent les trouvères du XIIIᵉ siècle, lesquels portaient partout l'esprit de nos chansons et les héroïques récits de nos épopées.

Mais le plus sage est de fermer les yeux sur cet avenir incertain !

Nous vivrons toujours assez pour aimer les beaux livres nouvellement sortis des presses et portant l'empreinte du génie moderne et pour les apprécier grâce à la subtilité de l'écriture et à l'originalité de la forme que sauront revêtir les textes prochains.

❧ ❧ ❧

BIBLIOPHILES ET BIBLIOSCOPES

BIBLIOPHILES ET BIBLIOSCOPES

E caractère de toute manie vraiment intellectuelle est de persister chez l'homme jusqu'à son heure dernière.

Si la passion des livres pouvait être atténuée, si cet amour qui, dit-on, ne décroît jamais pouvait enfin être déçu, ce serait assurément par l'observation minutieuse et philosophique de la Bibliophilie, par l'étude de la prodigieuse vanité qu'on voit se glisser traîtreusement dans cette religion d'amoureux, laquelle — comme toutes les religions — compte ses faux prêtres et ses faux dévots.

Il est un fait curieux à observer et que nous essayions de préciser dans le précédent chapitre de ce Livre, c'est que le bibliophile s'est métamorphosé entièrement depuis une vingtaine d'années. L'amateur des livres, à la façon de Charles Nodier, de Pixérécourt, de Lacarelle ou de Lignerolles, ce type d'ancien amateur éclairé, judicieux, sincèrement épris de littérature ancienne et de classiques de choix, tend de plus en plus à disparaître. — A Paris, tout au moins, l'espèce en est dès lors à moitié perdue et ceux qui demeurent encore immuables, vivent solitaires, inconnus, oubliés au milieu des trésors qu'ils ont réunis et dont la génération qui va suivre, cela est à craindre, ne voudra même plus entendre parler, bien qu'on prédise à contresens, la hausse prochaine des anciens maroquins.

 Le vieux livre, même en superbe condition, est délaissé ; la curiosité rétrospective diminue ; on se rend peu à peu un compte plus exact que le temps présent offre un intérêt très indiscutable, que le talent y fleurit prodigieusement et qu'il fait bon butiner avec discernement dans le parterre de nos nouveautés fraîchement écloses qui

dégagent à plein nez le pénétrant parfum de l'encre d'imprimerie.

Le bibliophile actuel n'a donc plus aucune des allures sédentaires et vieillottes qu'il avait

encore il y a cinquante ans. On le représentait alors comme un très vieux monsieur, maigre, sec comme une momie, mal vêtu, portant des lunettes et vivant hargneux dans sa *Bouquinerie* comme un loup dans sa tanière. C'était un véritable maniaque, peu sociable, soupçonneux, et qui s'attirait bien des plaisanteries méritées sur sa tenue négligée, sa

propreté douteuse, ses mœurs inquiétantes,
mystérieuses.

Ce Bibliophile d'autrefois était un type de
comédie peu sympathique à la masse, un type
très accusé, comme Harpagon ou Bartholo;
Molière ou Beaumarchais
eussent pu écrire sous ce
titre : *le Bibliophile*, une
peinture passionnelle non
moins humaine que celle
de *l'Avare*, ou du *Bar-
bier de Séville*, et ils
n'auraient eu certes
aucune peine à y repré-
senter les alarmes excessi-
ves, les transes, les émois,
la manie tatillonne d'une
passion bibliomaniaque
exclusive et jalouse.

Dans toute la première
moitié de ce siècle, l'amateur de livres en
France est resté dans le caractère nettement
accusé du vieux toqué monomane, désagréable aux siens, méticuleux, inquiet, véritable
bouquineur racorni, borné, ramenant tout au
passé et demeurant outrageusement fermé à
la curieuse modernité de l'art renouvelé.

ILLUST. : *Un Bibliophile de 1840*, d'après un dessin de Gavarni.

AUGUSTE POULET-MALASSIS
Éditeur et Bibliographe, d'après un dessin d'Alphonse Legros,
appartenant à Maurice Tourneux.

Il n'a guère commencé à s'humaniser, à
devenir gracieux, souriant, avenant pour tous,
que vers la fin du second Empire, à cette
époque où le libraire-éditeur Poulet-Malassis
inventait la belle édition moderne et conviait
en sa boutique du Passage des Princes les jeunes
auteurs contemporains à l'esprit alerte, au
talent fringant : les Banville, les Gautier, les
Monselet, les Beaudelaire, les Babou, les
Delvau, les Leconte de Lisle et les Asselineau.

Ce dernier contribua énormément à sortir
la bibliographie de ses anciens cadres où
Gabriel Peignot l'avait remarquablement en-
close, avec trop de symétrie toutefois et aussi
trop d'amour pour les antiques incunables et
les grandes éditions du xvıᵉ siècle.

Poulet-Malassis et Asselineau furent des
précurseurs ; ils osèrent regarder et admirer
leur temps, l'un en faisant appel au talent
nouveau, l'autre en s'occupant avec audace
de cataloguer les *Œuvres du Romantisme*, déjà
à l'occident de la littérature. — Cela nous
paraît peu de chose à l'heure présente ; ce
fut énorme.

Mais, nous dira-t-on, que faites-vous des
Bourdin, des Curmer, des Hetzel, des Perrotin,
des Dubochet et autres éditeurs de la génération de 1840 ? N'ont-ils pas, eux aussi,

hardiment poussé à la rénovation de l'art
du livre, et certaines publications comme *Paul*
et Virginie, *Gil Blas*, *Jérôme*
Paturot, *la Revue Comique*, *le*
Diable à Paris, *Manon Lescaut*,
les *Chants populaires d'autre-*
fois, etc., ne doivent-elles pas
trouver leur place marquée
dans l'histoire de la bibliophilie d'art de ce siècle ?

Sans doute... si l'on veut, mais ces éditeurs
travaillaient pour le grand public, ils éditaient
des livres à gros tirage, qui, avant d'être consacrés par la vogue, connurent toutes les
détresses de l'insuccès immédiat et des mises
au rabais ; ils ne songèrent guère, ces honnêtes
gens, aux bibliophiles ; ils y songeaient d'autant moins, que ceux-ci n'accueillaient dans
leurs bibliothèques que des ouvrages anciens,
se souciant fort peu des productions contemporaines. Il n'y avait alors ni éditeurs ni
libraires de modernités pour bibliophiles.

Le bibliophile d'aujourd'hui désireux de
posséder les écrivains contemporains en belle
édition, avec la cérémonie des grandes marges
et des papiers de luxe, ce bibliophile à la fois
lettré et spéculateur, achetant pour flatter son
goût intellectuel et beaucoup aussi dans
l'espoir de voir hausser la valeur de ce qu'il

achète, ce bibliophile *nouveau jeu* qui acquiert
une bibliothèque comme on se forme une
galerie de tableaux du jour n'a guère commencé à se manifester que vers 1872, au lendemain de la guerre franco-allemande, dans
la tristesse succédant à cette année néfaste
qui portait à la fois les esprits au recueille-
ment et les intérêts aux jeux de bourse.

Ce bibliophile contempo-
rain, qui fit les belles journées
des maisons Morgand et Fa-
tout, Rouquette, Conquet et
de tant d'autres, ce terrible
acheteur des éditions Jouaust,
Lemerre, Glady, Rouveyre et
tutti quantin, doit-il être réel-
lement regardé comme un bibliophile sérieux,
comme un lettré et non pas plutôt comme un
Biblioscope ?

J'opinerais vraiment pour le second terme.

Le *Biblioscope* est le faux prêtre et le faux
dévot de la religion du livre ; ce n'est pas un
sincère amoureux, mais un *voyeur*. Il regarde,
il touche, il flaire, il manie des livres qu'il ne
lira jamais, il en tire surtout vanité ; c'est un
être superficiel qui ne veut connaître que l'ex-
tériorité des choses et ne se donnera jamais la
peine de chercher à les approfondir vraiment.

Le *Biblioscope*, ou regardeur de livres, achète une belle édition, celle qu'on lui recommande chez son libraire, la fait relier par un bon faiseur à la mode et conserve cet ouvrage intact et non coupé dans sa bibliothèque ainsi qu'un bibelot dans une vitrine.

Il se dit que les bons livres, mis en rayon, sont comme les bons vins, mis en cave, qu'ils prennent de la valeur en vieillissant, et il se donne une jouissance vaniteuse, avec l'espoir d'un excellent placement à réaliser par la suite, à la hausse du marché des livres.

Le Biblioscope fait à la fois le succès et le krack des publications contemporaines.

A l'heure présente, sur cent bibliophiles parisiens de la meilleure marque connue, parmi ceux qui fréquentent les *five o'clock* des grands libraires, il faut compter environ quatre-vingt-dix *Biblioscopes*. Paris n'est pas une ville de juste milieu ; on y trouve le meilleur et le pire de toutes choses, et la moyenne par conséquent est fort médiocratique. Les *Biblioscopes* sont victimes de la mode, de l'opinion, des on-dit, des diverses contingences de leur monde ; et leur goût est facile à guider, à démonter, à faire virer ; les libraires en jouent avec une assurance perfide,

et il est même de petits éditeurs dernier style,
d'incultes et rustres personnages, qui ont
d'autant plus d'action sur eux que ces fabri-
cants sont des bavards intarissables, pleins
d'admiration pour eux-mêmes, d'une critique
féroce pour autrui et d'une outrecuidance comique excessive et endiablée.

Le *paraître* à Paris est d'une
nécessité plus souveraine que
l'*être*, le temps matériel de
devenir bibliognoste et artiste, de cultiver son goût selon la philosophie de Candide
n'est pas donné à la généra-
lité actuelle des amateurs de
livres. L'essentiel est de posséder une bibliothèque bien fournie.

Une bonne bibliothèque d'auteurs choisis en
éditions correctes donne en effet toutes les
références d'érudition ; c'est une excellente
tenture d'appartement qui parle aux yeux des
visiteurs et impose le respect et l'estime.

« *Un homme qui a tant de livres, doit-il en
savoir des choses !* » comme disent les bonnes
commères.

En province, il en va d'autre manière ; le
provincial de France qui ne mène pas grand
bruit, qui vit retiré dans sa thébaïde, qui

 trouve dans les livres, ainsi que Montaigne, ce grand châtelain provincial, la meilleure provision qui se puisse inventer pour cet humain voyage, le départe- mental, homme heureux et reposé, est très rarement *Biblioscope*. Il se préoccupe avant tout de la moelle plutôt que de l'os, si bien ciselé soit-il; nos régions du Centre, du Nord et de l'Ouest sont remplies de ces bibliophiles modestes qui ont le feu sacré, l'ivresse rayonnante, la passion sincère et tenace de la lecture. Sans être indifférents à la forme artistique d'un volume, très connais- seurs d'estampes, experts en belle typographie, observateurs minutieux de l'harmonie du livre, ces excellents bibliolâtres, qui ont l'exquise jouissance égoïste de leur amour bouquinier, restent dans la vraie tradition française ; ils se donnent et se livrent tout entiers aux joies de lire : ce sont les vrais gourmets de notre lit- térature, les sincères applaudisseurs de nos artistes, ils rachètent à nos yeux ce que l'os- tentation des *Biblioscopes* peut avoir d'humi- liant pour l'écrivain d'art et pour le dilettante producteur de *Bibliopées* illustrées.

Ce savant provincial considère intellectuel- lement sa bibliothèque ainsi que, gastronomiquement, il apprécie sa cave, avec une joie reconnaissante pour les douces griseries passées et à venir : il aime les bons crus de no côtes aussi bien que les vigoureuses prove nances de nos génies et de nos talents nationaux. Ce curieux solitaire, ce lettré, c'est le conservateur de la bibliophilie française ; c'est par la vision interne réfléchie qu'il juge des livres dont il s'imboit, se nourrit et se ragaillardit : sa biblioscopie est toute morale, ce n'est pas un œil, c'est un cerveau qui regarde.

Il en est de même à l'étranger, nous devons le reconnaître. En Angleterre, en Allemagne, en Belgique et en Suisse, la *Biblioscopie* est à l'état exceptionnel et non pas endémique comme à Paris.

Au cours de fréquents voyages, nous avons toujours été heureusement frappé par cette constatation que les vrais écrivains français étaient plus appréciés et mieux lus hors de notre métropole qu'en leur pays natal. Tous les livres originaux, étranges, curieux, délicats d'auteurs même inconnus chez nous, sont parfois commentés avec intelligence et passion par la presse étrangère, et les lecteurs

anglais, russes, suédois, norvégiens et allemands n'attendent guère pour se faire une
opinion bien nettement assise sur la plupart de nos ouvrages que la publicité ou la
critique aient proclamé l'excellence de tel roman nouveau ou de telle monographie intéressante.

Peut-être ont-ils plus de temps, mais sûrement aussi, sont-ils mieux équilibrés et leur
diagnostic intellectuel apparaît plus prompt,
plus juste et plus sain. — A Londres, à
Munich, à Genève, à Bruxelles ou à Berlin,
que de soirées avons-nous passées, heureux,
charmé, surpris dans l'intimité enveloppante
de bibliophiles distingués, dont l'esprit rare
s'était assimilé toutes les choses savoureuses
de notre patrie littéraire. Nous nous deman-
dions, en écoutant ces brillants et modestes
érudits, ces subtils causeurs, ces admirateurs
de nos vieux et jeunes écrivains, philosophes,
romanciers, critiques et penseurs, si l'éclat de
notre foyer intellectuel n'était pas encore plus
lumineux à distance que sur place et si les
vrais consommateurs de notre cérébralité
rayonnante n'étaient pas ces étrangers que
nous connaissons si peu et si mal dans notre
persistance vraiment excessive à stagner
aveuglément *at home*.

A New-York, à Philadelphie, à
Boston, lors d'un récent voyage
en Amérique, ces idées ne firent
que s'accroître et s'affirmer au
contact de la plupart de nos confrères en littérature et en bibliophilie si nombreux outre-Océan.

Nous avons rencontré là, non seulement de
délicieux dégustateurs de nos esthètes, de nos
poètes, de nos conteurs de la dernière venue,
mais aussi nous avons retrouvé dans les bibliothèques de ces gentlemen *Book's lovers* de
vieilles connaissances échappées des cabinets
de Béhague, de Laroche-Lacarelle, d'Eugène
Paillet et de vingt autres récents catalogues de
vente de nos premiers amateurs parisiens.

Et, si nous parlons Reliure, disons que, tandis
qu'il faut vingt ans pour qu'une idée fasse
son petit bonhomme de chemin dans notre
méticuleux pays, là-bas, dans cette nation du
go ahead, on sait l'exploiter aussitôt. A côté
des chefs-d'œuvre *fanfaresques* de Le Gascon,
des Eves, de Duseuil, de Padeloup, Derome,
nous avons vu défiler les bijoux signés par
Marius Michel, Matthews, Cobden-Sanderson,
Roger de Coverley, Meunier, Ruban et quelques autres, tandis qu'en de simples appareils
se montraient des cartonnages chatoyants

vêtus de soieries délicieuses, de cuirs du Japon,
d'étoffes fantaisistes, heureux essais de l'art bibliopégique dont la renaissance commence à
peine et donnera bientôt, en dépit des routiniers
et des récalcitrants, des résultats surprenants.

A Paris, le libraire de luxe ne
prêche guère la reliure, il en dé-
tourne plutôt son client dans le
but assez personnel et mesquin
de lui écouler davantage de livres. Il pense que tout l'argent
qui ira au relieur sera au détri-
ment de celui qui doit rentrer dans sa caisse,
et, comme il pousse à la consommation de
ses propres éditions avec une rare énergie,
il ruinerait certainement la bibliopégie française, s'il n'y avait pas heureusement quelques
réfractaires à la brochure et si les « Américains », comme nous disons ici, ne soutenaient
pas de leurs dollars cette profession qui a
tant besoin de « fermiers
généraux ».

Concluons : — En résumé
le *Biblioscope* pullule à Paris,
le Bibliophile fleurit surtout
en province et à l'étranger.

L'amour du Livre est de-
venu une mode, les *snobs* qui la suivent de

plus près ne sont pas les plus sincèrement
convaincus; ils achètent des livres publiés par
un éditeur renommé, ainsi que les dandys
portent des habits qui les vêtissent à contre-
type, mais qui ont été confectionnés par un
tailleur du *dernier bateau*... Combien, parmi
ceux-ci, comprendraient l'admirable réflexion
de Shakespeare disant à la fin de sa vie :

« Ma bibliothèque a toujours été un duché
dont la variété et les horizons ont largement
suffi à mes plus hautes ambitions. »

Soyons indulgents toutefois aux Biblioscopes;
— pour extérieure que soit leur passion, elle
témoigne encore d'une curiosité raffinée, et
puis s'ils n'existaient point, si la Bibliophilie
était privée de leur concours... quelle dé-
chéance, mes amis ! — Il faudrait tirer les Livres
à cent cinquante ou deux cents Exemplaires...
et encore, qui sait si on les épuiserait !

PHYSIOLOGIE DU LECTEUR

Un croquis en attendant un tableau.

Vingt dessins inédits de François Courboin.

LECTEURS DES QUAIS
Croquis inédit de Heidbrinck.

PHYSIOLOGIE DU LECTEUR

UN CROQUIS EN ATTENDANT UN TABLEAU

 L fut naguère, — c'était hier encore, — un temps heureux déjà lointain, où il paraissait deux ou trois *Physiologies* par semaine.

On en écrivait des centaines par an. Elles formaient des brochurettes légères, agréables à la vue, piquantes, souvent très spirituelles, sinon hilarantes, sans prétentions à la transcendance, et toujours fort abondamment illustrées par ces fins et malicieux vignettistes de la génération de 1840 qui excellaient à camper ingénieusement sur bois des croquis, ainsi que de plaisantes lettrines ou de pittoresques culs-de-lampe d'une exécution fantaisiste et élégamment primesautière.

La mode a disparu de cet art des jolis ba-
dinages de plume qui eut ses virtuoses parmi
lesquels on compte les plus grands noms de
notre littérature romantique. La mode, de sa
baguette de fée, crée des chefs-d'œuvre et
passe. Il suffit de revoir *Les Français peints par
eux-mêmes*, *Le Prisme*, les *Industriels*, les Monographies parisiennes, les *Keepsakes* de diverses natures et la collection de ces mignons
volumes in-16, publiés par Aubert, pour se
convaincre de la brillante rédaction que par-
vint à réunir ce genre littéraire instauré par
le génie de Balzac et aujourd'hui abandonné
par tous les hommes de l'école symbolo-
idéolo-réaliste, enrégimentés désormais dans
le conte, la nouvelle ou le roman, tous genres
dont on abuse en vérité plus que de raison.

Cette manière mériterait de revivre, car il ne nous apparaît
pas qu'elle puisse blaser aisément les lettrés.

L'Art de la Physiologie ne
peut être considéré comme obsé-
dant; c'est un art léger, subtil, ironique et dégagé, qu'on peut à peine fixer et qui montre
toute la mobilité, toute la charge légère et sans
outrance des êtres qu'il s'applique à décrire.

En littérature, la Physiologie est un article
de Paris; la province n'y peut prétendre. On

ne connaît parmi tant de sujets traités aucune *Physiologie du Lecteur* et cela surprend. Nous venons de bouleverser toute une bibliothèque, de piocher Quérard, Bourquelot et Lorenz. Ces oracles bibliographiques demeurent muets sur cette question, d'où il appert, pensonsnous, qu'on n'a jamais écrit la *Physiologie du Lecteur*.

Est-il cependant une physiologie plus séduisante, une monographie plus variée, mieux appropriée à la verve des analystes et à l'humeur des illustrateurs? — La *Physiologie du Lecteur*, mais ce serait une futilité immense comme la vie humaine! — L'observation n'aurait-elle pas à suivre le lecteur depuis son apprentissage, à ces premiers débuts de l'insouciante enfance où nous gaminons de l'œil sur nos livres à gros caractères, jamais correctement assis pour lire, moitié accroupis, torturés par des poses incroyables, amoureux des gravures et irrespectueux des textes, n'aurait-elle pas à suivre l'homme, — cet affamé de nourriture intellectuelle et de fictions qui l'aident à vivre — jusqu'à l'extrême vieillesse où nous lisons encore à l'aide de conserves, mais déjà souvent presque cassés en deux!

A mesure que nous grandissons, notre
regard se pondère, s'équilibre sur le papier
imprimé; nous sentons peu à peu plus intensément la griserie dont s'imboit notre imagination au récit d'aventures extraordinaires, et nous venons chaque
jour plus béatement humer de
l'œil avec voracité ces romances
et ces contes aventureux, que
notre rêve colore et agrandit
encore dans les mirages phos-
phorescents de notre cerveau en-
fiévré par tous les sublimes au
delà du réel.

Avec la coutume que nous prenons incon-
sciemment de l'étude, notre corps se ploie aux
attitudes de la lecture, il se met d'instinct en
des formes particulières, selon la nature des
ouvrages sur lesquels nous
nous appliquons ou inclinons.

S'il s'agit de sciences posi-
tives, d'histoire ou de philolo-
gie, nous nous accoudons
volontiers sur la table dans
une situation arc-boutée,
méditative et résignée, les
épaules arrondies en porte-
faix; la tête alourdie par la préparation à
l'effort, car nous avons la sensation du plomb

qui va descendre en notre crâne et nous courbons préventivement la nuque en avant, comme
Atlas, ce fabuleux collineur, pour soutenir le
poids du monde.

Remarquez les lecteurs de nos Bibliothèques publiques, surtout dans le monde des
écoles ; leur tête roule comme une sphère sur
la concavité de leurs épaules ; on pourrait
croire qu'ils dorment dans un ronronnement
scientifique ou jurisprudent ; ils sont bien
éveillés toutefois, mais engourdis comme le
boa qui digère, car ils s'assimilent lentement
des connaissances copieuses dont se gorgent

peu à peu jusqu'à la pléthore toutes les cases de
leur cervelle.

Une lecture littéraire
égayée et agrémentée par
la forme, enrichie par le
style, saupoudrée par les
condiments d'un esprit à
la Voltaire, nous fait au
contraire souvent plus
allègres et modifie totalement notre attitude
physique. — Notre corps plus abandonné,
mieux assoupli par la plaisance et le défaut
de contrainte semble alors mû par un vague
nonchaloir, éclairé par la béatitude interne,
apaisé par le délassement intellectuel dont

nous jouissons. Captivés par le livre ébauché,
nous ne le pouvons abandonner et nous le
traînons avec nous pour en poursuivre la
lecture dans toutes les fonctions de notre vie
intime. — C'est presque toujours une œuvre
de fiction que nous portons sur notre table,
pendant notre repas solitaire, soumettant le
plaisir gourmand de la mastication aux joies

plus affinées, plus pénétrantes de la dégusta-
tion cérébrale si exquise et si enivrante.

La lecture chez soi, dans la solitude animée
du rêve, berce nos mouvements en des lan-
goureuses torpeurs qui nous viennent d'une
sorte d'hypnotisation spéciale à ces voyages
imaginaires. — Sans que nous nous en dou-
tions seulement, nous exprimons, dans ces
tête-à-tête au coin du feu, avec nos chers
livres, une multiplicité extraordinaire de mi-
miques qui traduisent nos sensations intérieures et qui interprètent étrangement, bien à
notre insu, tous nos successifs états d'âme.

Avez-vous jamais employé attentivement une quinzaine de minutes à épier les tics, les gestes, les contractions de lèvres, les frémissements de narines, les alanguissements de bras, les demi-sourires, les plis du front, les clignements d'yeux d'un lecteur qui ne se sent pas surveillé? — Si le sujet passif est nerveux, démonstratif, exubérant, doué d'une physionomie expressive et sensible comme un pistolet à gachette douce, l'observation peut être d'un délicieux comique, et d'une rare variété de notations; si au contraire le lecteur est rassis, placide, flegmatique, ses subites transfigurations n'en seront pas moins perceptibles et sa prosopographie amusante à conserver. — Essayez plutôt sur un de vos proches, cette étude physiognomonique, sans divulguer par aucun signe de malice ou d'ironie vos intentions et sans vous laisser surprendre. Choisissez votre heure, les dispositions de votre sujet et l'ouvrage qui servira de pile agissante à son cervelet moteur, et je

vous donne assurance que cette comédie im-
prévue de la lecture d'un visage de lecteur
vous séduira intensément si toutefois vous
êtes déductif et si vous vous plaisez aux spectacles de l'âme humaine agissant sur son enveloppe !

Les femmes sont — le croirait-on — moins
expressives que les hommes au cours des lec-

Lecture au lit, d'après une estampe moderne de Ranson.

tures qui travaillent on extasient leur essence
morale. Faut-il en conclure qu'elles lisent
plus légèrement ou bien qu'elles sont par
habitude de dissimulation plus maîtresses de la
mobilité de leurs traits ? — Nous ne le saurions
dire ! — Nous penserons plutôt que ces gentilles
liseuses, si séduisantes à contempler dans leurs

attitudes attentives au salon ou dans les déshabillés du lit, sont moins aisément troublées que les hommes par les visions du merveilleux et de l'héroïque.

La femme vit cérébralement dans un constant irréel et dans une vie qu'elle se plait à créer invraisemblable ; le roman est son domaine normal et elle est plus difficile à acclimater dans la vie bourgeoise que dans toutes autres sortes d'existences fantastiques. Quoi qu'elle puisse lire d'abracadabrant, en matière d'amour, ne l'émeut pas apparemment ; c'est pourquoi son minois ne se bouleverse pas aussi complètement que celui des lecteurs plus agissants d'âme et qui vivent, luttent, aiment et se héroïsent avec les personnages surhumains, êtres fictifs, qui, grâce à l'imagination du lecteur, se meuvent, s'échauffent, délirent et combattent en leurs milieux romanesques.

La *Physiologie du Lecteur !* quel singulier *physionorama*, cela fournirait ! — Concevez-vous l'innombrable série de types baroques qu'on y ferait défiler à la parade avec la caractéristique spéciale de leurs manières et de leur profession.

On y verrait, parmi tant d'autres, en de paisibles intérieurs de province ou de Paris, le lecteur jurisconsulte en son milieu froid,

méthodique et rectiligne, le lecteur physiologiste ou le médecin, dans son cabinet un peu
macabre de docteur Faust avec le squelette
antique et le désordre voulu de toute chambre
de moderne alchi-
miste, puis le lecteur
ecclésiastique non
moins *physiologiable*,
agitant sempiternel-
lement ses lèvres sur
un bréviaire que l'u-
sage a racorni, bril-
lanté et sali, le lecteur
de club poseur, correct,
immuable et désintéressé,
et enfin cette grande série de lecteurs professionnels, à savoir : les conférenciers, les
professeurs, les auteurs dramatiques, les bibliophiles, les bouquinistes, les éditeurs, les
correcteurs, les typographes, les hommes de
lettres, les savants, les académiciens, les employé des postes, les municipaux... Il convient
de nous arrêter, car nous ferions passer sur
cette liste toutes les conditions administratives
et tous les états consignés dans l'*Almanach des
cent mille adresses*.

Cependant, que de croquis drôles à cueillir
au passage parmi les lecteurs de café, les lecteurs d'omnibus, les lecteurs de salle publique

à la Bibliothèque, sans compter les habitués de la salle de travail à la Nationale ou à Sainte-Geneviève. Le dessinateur aurait non moins à faire que le physiologiste pour interpréter d'un trait léger tant de types divers.

C'est peut-être en raison de la difficulté qu'il y aurait à borner un sujet si illimitable qu'il ne s'est point encore rencontré jusqu'à ce jour un écrivain assez audacieux pour entreprendre la *Physiologie du Lecteur*.

Songez à quelle compilation formidable l'infortuné monographe aurait dû se livrer ! — Que d'ouvrages remués, annotés, fourragés pour parvenir à nous présenter sous un jour documenté et tamisé de vérité les lecteurs d'autrefois, ceux des inscriptions égyptiennes, babyloniennes et assyriennes, puis les Grecs et les Romains, ces avides mangeurs de tablettes cireuses et ces lecteurs de longs manuscrits qui se déployaient comme d'infinis Kakemonos entre les mains des lettrés. — Gabriel Peignot seul, lui qui sut embrasser tant d'études considérables et les traiter avec quelque supériorité, aurait eu l'ardeur, la constance et l'ingénu plaisir de mener à bien une si prodigieuse corvée. Encore n'eût-

il pas, à coup sûr, — en dehors du document
exact, — suffi à sa tache pour la partie ingénieuse, fantaisiste et humoristique qui aurait
été le complément nécessaire, et pour ainsi
dire comme l'illustration morale de l'ouvrage.
Peut-être même Brillat-Savarin eût-il lamenta-
blement échoué sur un pareil sujet.

Car nous vous prions avec bienveillance de
remarquer que le lecteur est protéiforme et
ubiquiste. — On croit l'avoir concentré, bloqué,
chopé dans son logis et parmi ses livres, et le
voici qui, nous dépistant, erre à la promenade,
en voiture, sous les frondai-
sons des jardins publics, en
wagon, en paquebot, en
tous endroits imagina-
bles.

Le lecteur est insaisis-
sable pour le physiolo-
giste; il est à la fois sé-
dentaire et ambulant. Il
exerce son action vertica-
lement et horizontalement,
perpendiculairement et ambula-
toirement. Le lecteur ambulant
même est une des variétés les plus observées;
il appartient à la grande tradition, et Don
Quichotte en est le prototype.

Peut-être faut-il attribuer de telles dispositions perambulantes, évoluantes et locomotrices à cette opinion de Jean-Jacques Rousseau qui disait que les jambes sont les roues de l'intelligence et que marcher et lire sont des causes notables de double renouveau pour la pensée.

Toujours est-il que l'amateur de lecture est devenu aujourd'hui hygiéniste, c'est-à-dire très extérieur; aussi, avec la fièvre de connaissances à acquérir et l'économie rationnelle du temps qu'il faut ménager, les hommes de ce siècle sont devenus à peu près tous haletants, oppressés, hâtifs et toujours courants vers des buts opposés et incertains. Il est nécessaire de lire en agissant ou d'agir en lisant.

Les liseurs pullulent dans les rues et avenues de Paris, de Londres, de Vienne, de Berlin et d'ailleurs; on les rencontre sur les quais, parcourant, au hasard des boîtes, cette littérature cosmopolite et hétérogène, étranges épaves que le hasard des ventes apporte tout le long des parapets de la Seine; on les voit huchés sur l'impériale des omnibus, ou stationnant devant les kiosques de journaux,

sous les galeries, les colonnades, devant les
boutiques des boulevards, au restaurant ou
à l'estaminet ; on les coudoie surtout fuyant
à travers la foule comme des visionnaires, le
nez dans un livre, hypnotisés par des sugges-
tions intimes, inconscients des bruits exté-
rieurs et des bousculades dont ils sont atteints.

Notre civilisation a multiplié les lecteurs à
un tel point que lire est devenu une fonction
indispensable à tous ceux qui se piquent
d'être au courant de la vie moderne. — Il est
utile de connaître tant de petits faits divers et
de si nombreux ouvrages et articles littéraires
que l'on n'attend point sa commodité et ses
loisirs pour absorber sans tarder et en quelque endroit où l'on se trouve toutes les lectures
urgentes.

Chaque heure du jour nous apporte sa lecture impérieuse. — En dehors du livre ce sont
les brochures, les prospectus, les revues
périodiques, les feuilles illustrées, les journaux quotidiens, ceux du matin, ceux de
midi, ceux du soir, les bulletins, circulaires,
catalogues... les lettres même qui nous attei-
gnent plus directement, plus intimement et
modifient nos traits selon ce qu'elles nous
mandent.

Dans ces coupés qui roulent emportés par
des trotteurs fringants, vous remarquez un

docteur qui lit une thèse récente ou un des
derniers rapports à l'Académie de médecine ;
plus loin, dans ce landau, une mondaine en
courses de visites déflore l'un des livres les
plus vantés du jour ; dans ce wagon qui file en
rapide, tous les voyageurs étendent sur leurs
genoux du papier imprimé, et tout le long du
chemin, insensibles aux paysages, ces liseurs
forcenés ne laisseront tomber le livre ou le
journal que pour s'étirer et dormir, c'est-
à-dire pour lire encore les hiéroglyphes de
leurs songes.

Le lecteur à la campagne mériterait une
physiologie à lui seul, car il est
assez généralement idyl-
lique, débonnaire, placide,
vaudevillesque et plus facile encore à observer qu'à
la ville. La nature a détendu
jusqu'à l'hypocrisie de ses traits,
et l'enfant, qui demeure en tout homme, réap-
paraît alors, en sa nature saturée de renouveau,
avec bonhomie, douceur et espièglerie, mar-
quant les sourires sur cette face naguère sé-
vère, soigneusement masquée ou dressée aux
diverses passivités sociales.

La lecture au château ou bien sur la plage
formerait un chapitre qui pourrait être illustré
par une des plus curieuses estampes en couleur

du regretté aquarelliste Eugène Lami. — Les
Iconophiles connaissent la planche dont nous
entendons parler ici.

Car, dans cette *Physiologie du Lecteur*, telle
que nous aimerions la voir exécuter par
quelque lettré de loisir ou
quelque bibliophile humo-
riste doublé d'un biblio-
gnoste, il nous semble
qu'il serait curieux au possible de faire défiler successivement dans la partie historique
de l'œuvre, — car ce serait toute une monographie, — les silhouettes de lecteurs d'autrefois avec les mines, les physionomies, les
attitudes spéciales de chaque époque, depuis
les anciennes figures de la Bible des fous,
jusqu'aux plus modernes conceptions de nos
illustrateurs *fin de siècle*.

Quelle revue cela fournirait ! — songez-y ! —
Que de types de lecteurs, depuis ceux d'A-
braham Bosse, de Leclerc, de Duplessis-
Bertaux, de Gravelot, d'Eisen, de Déveria, de
Johannot, de Daumier, de Gavarni, de Louis
Morin ou de Caran d'Ache ! — Ce serait unique.
— Les modes ont évidemment influé sur les
attitudes familières des lecteurs depuis le
moyen âge à nos jours ; les poses qui nous
sont révélées par la succession des estampes

depuis plus de trois siècles, nous prouvent que les mouvements de l'être humain ont varié incessamment, changé selon les mœurs, les usages, les habitudes sociales, et surtout selon la nature et les étreintes des costumes qui ont toujours facilité ou diminué le jeu normal de certaines parties de notre corps.

Aujourd'hui même, avec notre liberté d'allure au logis ou en public, nous adoptons malgré nous, en lisant, des manières qui sont assez conformes à l'état guindé ou relâché de notre vêtement, et la délicieuse robe de chambre ou le veston de molleton de la campagne nous invitent à des morbidesses d'attitudes que nous ne saurions retrouver dans la rigidité de la redingote mondaine qui nous enserre.

Une *Physiologie du Lecteur !* physiologie amusante, documentée, curieuse et variée, une physiologie philosophique et historique, sérieuse et fantaisiste à la fois, une physiologie brillantée à l'extrême, serait à réaliser dans toute son intégrité ?

En ces quelques pages, sans autre souci que
de montrer la voie, que de faufiler un projet
sur un canevas arachnéen, l'avons-
nous seulement suggérée dans l'esprit d'un seul de nos lecteurs?

Ayant désencagé quelques idées,
avons-nous seulement formulé tout
ce que pourrait être ce transcendant
Traité de la lecture.

Toujours est-il que nous espé-
rons, — si nous ne l'écrivons pas
nous-même, — voir paraître quelque jour un élégant et substantiel
volume digne de la sympathie de tous les
Bibliophiles sous le titre de la *Physiologie
du Lecteur*, et, telle est la puissance de notre
imagination pour tout ce qui touche à la
magie de nos désirs, que nous nous plaisons
déjà à le feuilleter page à page,
image à image, ce Livre
inédit, voyant très nettement, avec une rare luci-
dité, tout ce qu'il saurait
contenir, dans son histo-
rique et sa philosophie, de
précieux, d'original et de
piquant.

Cependant, quel abîme n'y a-t-il pas entre
l'œuvre rêvée et l'exécution, l'impression même

de cette œuvre ! Comment s'illusionner sur les tracas, les fatigues, la constante recherche que ferait naître une telle publication !

Toutes les monographies présentent, il est vrai, les mêmes épines, mais ceux qui savent franchir les buissons hostiles de l'érudition ont seuls le beau dédain des obstacles qui caractérise tous les croyants de littérature et tous les chercheurs et historiographes de notre grande République des Lettres.

Physiologie, que me veux-tu ? interrogeait ironiquement Balzac. — Comment ne pas comprendre ce cri angoissé ! — La physiologie est attirante, obsédante, enjoleuse, enlaçante et perfide ; elle emprunte tous les sourires, toutes les voix mélodieuses, toutes les musiques et toutes les coquetteries mystérieuses des sirènes, mais en quels gouffres ne nous attire-t-elle pas ! — *Physiologie, que nous veux-tu ?*

LA MONOMANIE DES AFFICHES

Précis historique. — Les Collectionneurs.
Les Artistes français de l'Affiche.

—

Les Affiches à l'Étranger.

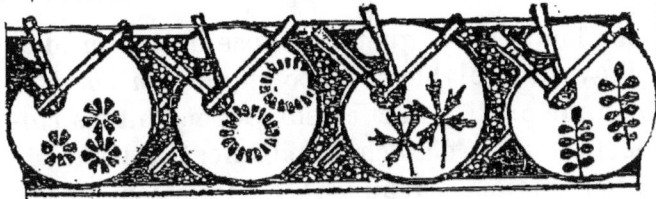

LA MONOMANIE DES AFFICHES

Précis historique. — Les Collectionneurs.
Les Artistes français de l'Affiche.

Il n'est point de portail, où, jusques aux corniches,
Tous les piliers ne soient environnés d'Affiches.
BOILEAU.

'AUTEUR de la *Comédie humaine*, qui fut le précurseur de tant d'idées originales depuis lors en vogue, terminait un jour, je ne sais plus exactement quelle *Physiologie du Curieux*, par ces mots sur les passionnés, les enfiévrés, les affolés des diverses espèces de Collections :

« Que ne collectionne-t-on pas aujourd'hui ! On fait collection de boutons, de pommeaux de cannes, d'éventails, de pamphlets politiques, de papiers timbrés... *On va jusqu'à collectionner des Affiches.* »

Cette idée de collectionner des Affiches

semblait alors quelque chose de pyramidal,
d'invraisemblable et de comique! *Un comble!*
comme on dit actuellement. Cependant les collectionneurs d'affiches existaient à l'état de
phénomènes, depuis le commencement du
siècle, sinon même auparavant.

On signale, dès 1814, un Belge, M. Martin
Robyns, qui réunissait avec passion toutes les
affiches des théâtres de Bruxelles, et, vers 1836,
cette précieuse collection fut vendue aux enchères avec quelque succès. — Le frère de
l'illustre maëstro Meyer Beer, M. Henry Beer,
se plaisait également à cataloguer toutes les
affiches des spectacles et des concerts de Berlin
qu'il pouvait recueillir, et je suis très assuré
qu'en étudiant avec un esprit fureteur bien à
fond la question, on découvrirait que l'origine
des conservateurs d'affiches remonte au moins
à la fin du XVIIIe siècle, car les curieux et les
archivistes innés pouvaient dès lors réunir
des spécimens intéressants d'impression décorative pour mille menues annonces de fête
ou de négoce.

Selon M. Feuillet de Conches, la comédie à
Ferney, chez Voltaire, avait ses affiches posées
sur la porte de la chambre de Mme Denis et
et sur celles des visiteurs. Le Petit Théâtre de
Marie-Antoinette, à Trianon, avait les siennes
imprimées sur satin. L'Opéra des petits appar-

tements de Versailles où chantait et dansait, en 1778, la marquise de Pompadour avec les Dames de la Reine, avait eu aussi des affiches très curieuses imprimées en or avec grand soin.

Pendant tout le cours de la Révolution, les Affiches publiques qui conviaient aux nombreux bals et aux plaisirs galants sont très piquantes et pittoresques. M. Pochet-Deroches en possédait, je crois, quelques-unes dans son étonnante collection de journaux politiques et de feuilles

Lithographie de RAFFET pour l'affiche *Napoléon en Égypte.* — 1855.

quotidiennes. Ces affiches, ornées d'attributs civiques, d'emblèmes mythologiques et de grecques tricolores, sont aujourd'hui plus difficiles à découvrir que les assignats courants dont on pourrait encore tapisser une chambre à bon marché.

Sous le second Empire, vers 1860, quelques curieux s'avisèrent d'entreprendre, avec mé-

thode et patience, des réunions d'Affiches
devenues aujourd'hui considérables. Parmi
ceux-ci, il faut citer M. Lépine, un architecte
qui collectionnait déjà à l'École des beaux-
arts; M. Dessolliers, employé à la maison
Didot, un fanatique de l'annonce étrange et
décorative, qui pourrait, à cette heure en les
éployant, couvrir le sol de tout un départe-
ment de ses placards multicolores; enfin
M. Ernest Maindron, ex-secrétaire de l'Académie des sciences, qui publia, il y a environ dix
ans, chez Launette, un ouvrage sur les *Affiches*
illustrées, livre déjà documenté qui était loin de
dire le dernier mot sur la question, mais dont
cependant le texte résumait convenablement
l'histoire de l'affichage artistique, surtout depuis la période romantique jusqu'au maître
Jules Chéret, le grand charmeur et le boute-
en-train présent de notre rayon visuel.

M. Ernest Maindron, pour placer son travail
à la hauteur des Révolutions du jour, vient
de mettre en vente un nouvel ouvrage : *Les*
Affiches illustrées, qui comprend le dessus du
panier de tout ce qui a été collé sur les murailles parisiennes de 1886 à 1895, avec de
nombreuses reproductions en lithochromie et
une couverture inédite de Jules Chéret. Étant
donné le nombre toujours croissant des *Af-*
fichomanes, cette dernière iconographie des

affiches polychromes a été presque aussitôt
absorbée et l'édition « tirée à mille » se trouve
dès lors épuisée.

Les Affiches politiques, en dépit de leur
intérêt, n'ont jamais recueilli le succès de
vente des pla-
cards frivoles
illustrés. Vers
avril 1881, on
ne put trouver
acquéreur à
l'Hôtel Drouot,
pour une su-
perbe collec-
tion composée
de plus de 7000
affiches, toutes
relatives à la
Révolution de

Affiche de Bertall
pour l'éditeur Coquebert. — 1846.

1848, au second Empire, au Siège et à la Commune de Paris et aux présidences de Thiers et
de Mac-Mahon. On y avait joint tous les *Canards*
publiés durant la même période (1848-1874),
les journaux politiques illustrés, ceux de
l'Empire et ceux de la Commune. Pas un amateur ne s'est rencontré pour lancer une en-
chère ! Pas même un louis !

Les collectionneurs des curieux témoignages
de notre publicité artistique contemporaine,

12

sans former encore des légions, se sont néanmoins peu à peu multipliés dans des proportions incroyables. Il étaient peut-être dix avant
la guerre, ils se trouvaient au nombre de
cinquante il y a dix ans, aujourd'hui on peut
supposer qu'ils sont huit à neuf cents, sinon
davantage, et, grâce à l'art magique de nos
décorateurs de murailles et à l'ardente conviction des néo-iconophiles, les prosélytes affluent
chaque jour plus nombreux et la manie de
l'Affiche tend à se généraliser sur une échelle
assez vaste pour que de toute part, en Europe
et en Amérique, on y prête une attention sympathique, en s'efforçant d'encourager le mouvement.

Tous ceux qui ont pu explorer, déployer et
examiner à loisir, soit en un magasin sur un
jeu de tringles mobiles, soit dans le confortable
logis de quelque curieux, une collection de
belles lithographies pour Affiches faite et
dirigée avec goût par un connaisseur, tous
ceux qui ont suivi pièce à pièce et, pour ainsi
dire, année par année, depuis 1830 les progrès
constants de la polychromie des annonces,
ceux enfin qui se sont trouvés empoignés,
emballés, remplis d'admiration devant les véritables chefs-d'œuvre presque inconnus de
Célestin Nanteuil, d'Eugène Gauché, de Vivant
Beaucé, de Tony Johannot, de Gavarni, de

PHILOSOPHIE
DE LA VIE CONJUGALE
PAR BALZAC
COMMENTÉE PAR GAVARNI

Mme Me ADAM
MOL DE POMPE

VOL. IN-8° ANGLAIS 3 F.
20 LIVRAISONS A 15 CENT.

AFFICHE DE LIBRAIRIE
composée par Gavarni pour l'éditeur Hetzel, en 1846.

Granville, de Raffet, de Gustave Doré, de
Bertall, d'André Gill et de tant d'autres, sans
compter les contemporains, ceux-là convien-
dront sans peine que le goût de l'affiche n'a
rien d'extravagant ou de puéril, comme on le
pourrait supposer à l'aveuglette. Bien au contraire, les collectionneurs d'affiches, — en
dehors même des joies infinies qu'ils s'attri-
buent, — font une œuvre utile et aident en quelque sorte à l'accroissement des richesses d'art
national, car les étonnantes archives qu'ils
forment avec passion sauvent d'une destruction
assurée des œuvres souvent incomparables,
créées pour un éphémère destin, mais qui, en
raison de leur expression d'art, sont dignes
d'être conservées à l'égal de certaines fresques
des siècles passés.

L'Affiche ne vaut pas seulement qu'on la
garde pour la beauté de son image ; son texte
même, sa tournure, sa typographie, sa réclame
vertigineuse, le cynisme de ses boniments,
tout la désigne à l'attention des générations
futures. Nos affiches sont en effet comme les
miroirs de nos mœurs, de nos passions, de
notre état d'esprit, de nos engouements, de
notre crédulité, de nos remèdes, de nos costumes, de nos lectures et de nos plaisirs. Grâce

AFFICHE DE GRANDVILLE

Lithographie publiée en 1842 pour Du Bochet, éditeur.

à elles, on pourra, par la suite, plus sûrement inventorier et reconstituer nos habitudes publiques, notre dévergondage et le charlatanisme courant de nos industriels chercheurs d'or que par la lecture difficile, et bientôt démodée, de nos romans les plus naturalistes ou les plus terre à terre de l'heure actuelle.

L'Affiche est aussi suggestive que le plus analytique des livres ; elle porte en sa facture ce je ne sais quoi qui est dans l'air ambiant du temps qui l'a créée : elle dégage la vie de ce temps avec intensité et l'on peut, devant certains placards éclatants du second Empire, revivre curieusement cette époque encore si proche et cependant si lointaine, bien mieux qu'en lisant le plus grouillant chapitre de la *Curée* d'Émile Zola.

L'Affiche suit les moindres impulsions de cette mode qui gouverne les conceptions hâtives des hommes vivant de la publicité. Elle témoigne de l'extrême sensibilité du gouvernail de l'opinion et des idées du jour ; un philosophe observateur pourrait écrire sur « l'histoire sociale par les Affiches » des pages très subtiles et fort sagaces à l'appui de cette thèse, mais nous n'avons pas ici le loisir de développer un tel argument si sommaire fut-il, dans le maigre cadre de cette étude.

Tout au plus prendrons-nous un exemple.

AFFICHE DE JEAN GIGOUX

pour l'édition du *Gil-Blas* de 1835.

A la suite du fameux *Article* 7, au moment où
le cléricalisme était visé comme un ennemi,
Léo Taxil lança ses immondes brochures et
un artiste qui n'était pas sans talent, Léon
Choubrac, et qui signait souvent d'un pseudonyme : *Hope*, composa, avec quelques autres
dessinateurs anonymes, une suite d'affiches
obscènes et anticléricales qui déshonorèrent
les murs de Paris pendant plus d'une année.
Qui a encore souvenance de ces tristes affiches
caractéristiques qui se nommaient : *La Vie de
Jésus.* — *La Bible amusante.* — *Ceux qui souffrent.*
— *Les Maîtresses du Pape* (avec une ignoble
scène de torture qui fit scandale par son
sadisme). — *Crimes et Histoires des Papes.* —
Le Fils du Jésuite. — *Le Beau Mufle.* — *Crimes
des Rois, des Reines et des Empereurs.* — *Les
Mystères des Séminaires dévoilés aux pères de
. famille.* — *Le mari de sa fille.* — *Le secret de
Troppmann.* — *Les Confessions de Marion
Delorme.* — *Histoire des comtes de Bismarck*,
etc., etc.

Quelques-unes, telles que *l'Alcôve des rois*,
étaient vraiment comiques et donnaient une
singulière opinion de l'instruction du peuple
par la littérature murale. Cette dernière affiche
représentait un vulgaire et ventru mous-
quetaire jouant au Lauzun et disant à une
princesse qui ne pouvait, de toute évidence,

AFFICHE DE CÉLESTIN NANTEUIL
faite vers 1839 pour l'éditeur Aubert.

être autre que la Grande Demoiselle : — *Louise
d'Orléans, ôte-moi mes bottes !*

Aujourd'hui, les Affiches anticléricales et
déformatrices de l'histoire ont, pour longtemps,
espérons-le, disparu de nos murailles. Nos
clôtures sur rues s'égayent non moins radieuse-
ment encore qu'autrefois, en cette heure d'accal-
mie politique et sociale, par la lumineuse coloration des Affiches de Chéret, plus brillantes,
plus claires, plus étourdissantes que jamais et
dont les collectionneurs s'arrachent les belles
épreuves au prix de beaux louis trébuchants.

« L'Affiche illustrée, de couleur batailleuse,
de dessin fou, de caractère fantastique, et
annonçant partout, dans des milliers de papiers que d'autres milliers de papiers auront
recouverts le lendemain, une huile, un bouil-
lon, un pétrole, un cirage ou un chocolat
nouveaux : rien n'est, en effet, d'une modernité plus violente, rien ne date aussi insolem-
ment d'aujourd'hui, — écrit Maurice Talmeyr,
dans un excellent article sur *l'Age de l'Affiche*,
publié dans la *Revue des Deux Mondes*. — On
assimile, d'une façon ingénieuse, mais où il
entre plus d'érudition amusante que de jus-
tesse, la mode de l'affiche contemporaine à
certains usages antiques. M. Charles Saunier,

dans une étude très vivante, rappelle que les
Grecs et les Romains, et même, paraît-il, les
Syriens et les Égyptiens, employaient la
publicité de la rue. Il cite aussi les placards
historiés, par lesquels,
au xviiᵉ siècle, on an-
nonçait les proposi-
tions qu'on devait
soutenir en Sorbon-
ne, et nous renvoie
au *Malade imagi-
naire*, où Toinette
« orne sa chambre »
avec la thèse de Tho-
mas Diafoirus. Ces
vignettes, en bonne
conscience, ont-elles

Vignette de Bertall
pour les *Guêpes illustrées*. 1847.

un rapport bien sérieux avec l'affiche illustrée ?
Peuvent-elles vraiment se donner pour des
précédents ? Et, même à une époque beaucoup
plus rapprochée, il y a seulement un demi-
siècle, étaient-ce bien aussi des affiches, ces
compositions artistiques de Jean Gigoux, de
Devéria, de Tony Johannot, de Raffet, de Nanteuil, de Gavarni, destinées à servir de frontispices aux publications du temps ? N'était-ce pas
de l'illustration traditionnelle, de l'art et de la
fantaisie classiques, et qui se trouvaient un
peu là comme la musique dans les distribu-

tions de prix, où elle est une musique semblable à toutes les musiques, et non une musique spéciale, qu'on n'entend et qu'on ne peut entendre que là ? — N'était-ce pas, en un mot, du simple dessin, de l'excellent dessin, du dessin de maître, mais du dessin normal, régulier, en quelque sorte légal, et non ce je ne sais quoi de fantasque, de désarticulé, de pervers, de barbouillé, de non encore vu nulle part, d'uniquement nouveau, de diaboliquement moderne, qu'est l'Affiche ? »

Rien n'est plus judicieux que cette remarque sur les placards d'hier dont nous avons parlé.

Avant d'aborder l'Affiche exclusivement moderne, nous avons pensé être utile à tous les amateurs qui désireraient entreprendre une collection d'Affiches artistiques, en groupant ici, par noms d'artistes et dans un ordre presque chronologique, les placards qui sont à acquérir pour former un premier fonds sérieux de catalogue. — Notre procédé est renouvelé des Peignot et des Nodier ; mais il est encore le meilleur de tous.

Voici donc notre liste iconographique :

♣

Eugène Déveria. — *Faust*, belle affiche de librairie, lithographie d'après une composition d'Eugène Delacroix (on n'en connaît qu'un seul exemplaire), 1828.

Célestin Nanteuil. — *Robert Macaire*, affiche de librairie, 1839 ; — *Œuvres de Walter Scott*, affiche de librairie ; — *Don César de Bazan*, opéra-comique de Dumanoir et Dennery, mis en musique par Massenet, Affiche pour un album de chant ; — *Scène de la vie orientale*, par Gérard de Nerval, superbe affiche de librairie (non si-

Affiche de Édouard Manet.

gnée) ; — les *Viveurs de Paris*, par X. de Montépin (non signée). Ces deux dernières affiches sont assurément de Nanteuil, quoi qu'on en puisse dire. Elles sont largement marquées par la griffe personnelle de son talent.

Achille Devéria. — *Du tabac, toujours du tabac*, par le Dr Garbenfeld, 1831, curieuse lithographie, sorte d'affiche de librairie posée chez les marchands de tabac pour la vente d'une brochure de cinquante centimes.

Adolphe Lalance. — *Comment meurent les femmes*, affiche pour un roman ténébreux de Carle Ledhuy, 1836, signée : *Adolphe Lalance Barbouillavit.*

Eugène Gauché. — *Le Prado*, par Th. Privat, superbe lithographie, affiche de librairie, 1841.

Vivant Beaucé. — Affiche pour *l'École des feuilletons*, 1846, — *les Trois Mousquetaires*, d'Alexandre Dumas, 1843. Beaucé a signé beaucoup d'autres affiches : ces deux-ci sont capitales.

Tony Johannot. — *Werther*, de Gœthe, affiche de librairie annonçant la traduction de Pierre Leroux ; — *Don Quichotte*, merveilleuse lithographie pour la publicité de l'édition Dubochet ; — enfin *Paul et Virginie*, affiche inconnue, annonçant l'édition de Curmer, impression typographique avec une eau-forte de Tony Johannot au milieu montrant « Virginie à la fontaine ».

Granville. — L'un des plus féconds dessinateurs d'affiches de la génération de 1840 ; il faut collectionner de lui : *Les Scènes de la Vie privée et publique des animaux*, — *Les Industriels*, physiologie, — *Jérôme Paturot à la recherche d'une position sociale*, — *Un autre monde*, — *Cent proverbes*, — *Voyage où il vous plaira*, — *Fables de Florian* (admirable lithographie), — *les Petites misères de la vie humaine*, — *les Métamorphoses du jour*, avec un grand bois de Porret, 1846 ; toutes ces affiches de librairie sont recherchées en raison de leur superbe exécution. Quelques unes sont des chefs-d'œuvre lithographiques.

Th. Frère. — *La Touraine*, annonce lithographique de librairie, 1841. Publiée à Tours.

GAVARNI. — *Les Français, Mœurs contemporaines,*
— *le Juif Errant,* d'Eugène Süe, — *le Diable à*

Affiche de Félicien Rops, lithographiée en 1860.

Paris, lithographie étourdissante ; — *la Philoso-*
phie de la vie conjugale, — *les Œuvres choisies de*

, *Gavarni*; cette dernière affiche de librairie est un
chef-d'œuvre absolu tout aussi bien comme composition et exécution que comme beauté de tirage,
lithographique.

JEAN GIGOUX. — *Gil Blas*, affiche lithographique non
signée pour la belle édition de 1842 (Voir ici).

CHARLET. — *Mémorial de Sainte-Hélène*, grande
affiche de librairie, publiée par Bourdin avec
d'énormes bois, représentant deux grenadiers,
de soixante centimètres de haut, encadrant le
texte. Une réduction de cette affiche a été faite
par l'éditeur, — Seconde affiche de Charlet : *la
Garde impériale*, lithographie d'après Charlet,
par Vernier.

RAFFET. — On connaît six affiches de lui : l'*Histoire
de Napoléon*, de Norvins, — *Napoléon en Égypte*,
— la *Némésis* de Barthélemy, — l'*Histoire de l'Algé-
rie*, de Galibert, — la *Sainte Bible*, publiée par
Furne, — et enfin *le Compagnon du tour de France*.

HORACE VERNET. — l'*Histoire de Napoléon*, par
Laurent de l'Ardèche, affiche de librairie très
rare.

HIPPOLYTE BELLANGÉ. — *L'Afrique française, le
Maroc et le Sahara*, très belle affiche non signée,
mais qui est indiscutablement de Bellangé.

VIOLLET-LE-DUC. — *Les Rues de Paris*, par Louis Lurine, curieuse affiche de librairie où Viollet-le-
Duc semble avoir fait toute la partie pittoresque
et Granville le personnage de premier plan.

PROJET D'AFFICHE DE WILLIAM H. BRADLEY.

Consultation d'Amour. Exécuté en dessin à Chicago, vers 1895,
et reproduit dans le volume de Charles Heatt « *Picture posters* ». Londres 1895, in-8° (George Bell. Éditeur).

◆ ◆ ◆

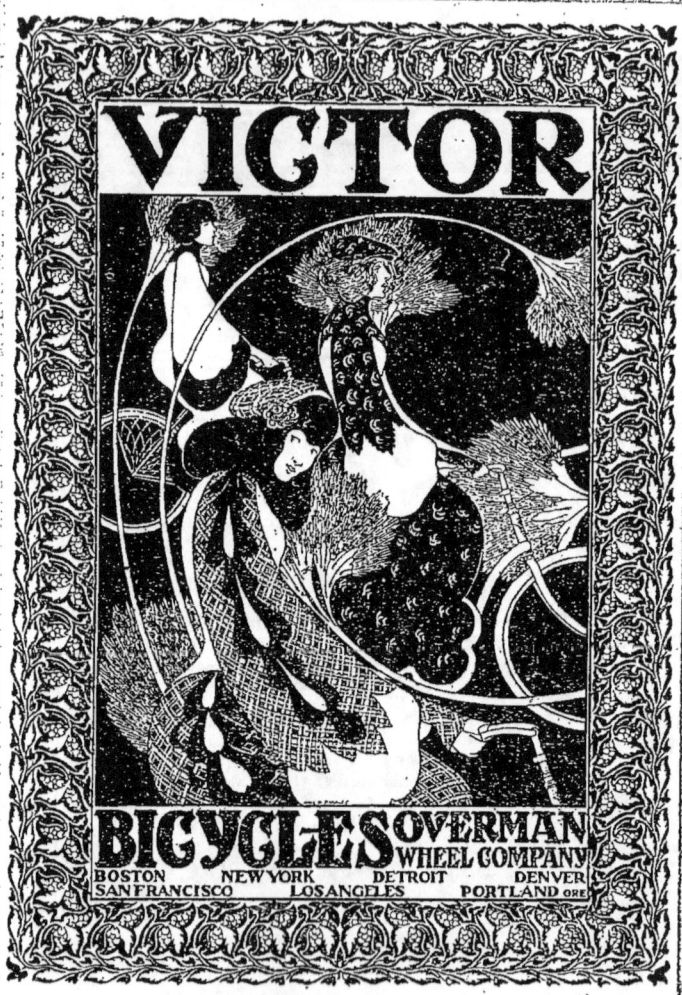

AFFICHE DE WILLIAM H. BRADLEY.
Faite à Chicago pour les *Bicycles Victor*, en 1875, et depuis lors
reproduite en annonces dans les *Magazines*.
En noir et blanc.

Henry Monnier. — *Les Mémoires de Joseph Prud-homme, — Les Contes fantastiques d'Hoffman ;* deux intéressantes affiches de librairie.

Édouard de Beaumont. — *Les Nains célèbres,* par A. d'Albanès et Geor-ges Fath ; très belle affiche lithographiée, — *le Diable amoureux,* de Cazotte, également précieuse à conser-ver.

Français. — Ce peintre bien connu a com-posé anonymement la belle affiche pour le *Monte-Cristo* de Du-mas ; il a signé celle de l'*Histoire des Français,* de Théophile Lavallée.

Dessin de Jules Chéret pour les *Maîtres de l'Affiche*

Nous lui attribuerions très volontiers, même en apportant une conviction allant jusqu'à l'obsti-nation, l'affiche des *Couvents,* ouvrage de Louis Lurine et Brot, à l'illustration duquel le brave Français a collaboré.

Topfer. — On attribue à Calame les deux lithogra-phies des belles affiches exécutées pour les *Nouvelles genevoises* et les *Voyages en zigzags.* Calame, à notre avis, n'a été que l'interprète fidèle des dessins de Topfer, qui, lui-même, s'est inspiré de Tony Johannot pour ces deux grandes lithographies délicieuses et rarissimes.

14

J.-A. LORENTZ. — *La Revue Comique à l'usage des Gens sérieux*, très belle lithographie pour la publicité de cet ouvrage si connu.

HENRY EMY. — Affiches lithographiques pour *la Grande ville*, de Marc Fournier, — pour *les Étrangers à Paris*, — pour *Pelaio*, roman de Tristan Corbière, — pour la *Physiologie du carnaval, du cancan et de la cachucha*. Henry Émy signait ses affiches d'un HE adossés. Il avait vraiment du talent, mais très peu de personnalité.

FARCY. — *Chansons nationales et populaires de la France*, par Dumersan, — et *Chansons et rondes enfantines*, du même auteur. Ces deux affiches de librairie assez intéressantes.

FÉLICIEN ROPS. — *Uylenspiegel au Salon*, superbe lithographie annonçant une brochure artistique, publiée à Bruxelles vers 1865, et que nous avons reproduite dans *le Livre* en 1884, et plus réduite ici. — On connaît encore de Rops une lithographie affiche non terminée pour le journal *Til Uylenspiegel*.

GUSTAVE DORÉ. — *Le Juif-Errant*, affiche de librairie, lithographie des plus remarquables.

BRACQUEMOND. — Affiche pour *les Deux Dianes*, roman de Paul Meurice. — La seule affiche connue de cet artiste.

LÉOPOLD FLAMENG. — Curieuse affiche pour *les Miettes d'amour*, roman de Belligera.

BERTALL. — Ce dessinateur fantaisiste, dont le

dessin paraît un peu grêle et pointu dans les illustrations dont il a inondé les livres durant vingt ans, a laissé une dizaine d'affiches lithographiques grasses, onctueuses, d'une aimable et spirituelle composition, qui mettent en frais de grande estime pour son talent sur pierre. On connaît de lui : des affiches de librairie pour *Daphnis et Chloé*, édition de Havard, — pour *les Guêpes illustrées*, — pour l'*Histoire d'un casse-noisettes*, d'Alexandre Dumas, — pour *Le Monde tel qu'il sera*, — pour *Tom-Pouce*, — pour *Paris à table*, — pour les

Dessin de JULES CHÉRET.

Petites misères de la vie conjugale, de Balzac, — pour les *Cahiers et charges des chemins de fer*, — pour *Paris dans l'eau*, de Briffaut, — pour les *Contes de nos pères*, par Paul Féval, et enfin pour *les Omnibus*; cette dernière affiche signée Bertall et Cie.

NADAR. — Une affiche hors ligne du bon Nadar ; celle de *Jean Raisin*, par Gustave Mathieu, puis beaucoup d'autres, curieuses. Nadar : *Jury-Salon de 1853*, — l'*Almanach du Tintamarre*, — les *Rêveries d'un étameur*, — et aussi une affiche théâtrale pour les Bouffes-Parisiens sans compter le *Panthéon Nadar*, véritable affiche lithographique, document de premier ordre légué par Nadar à ses petits neveux et qui conservera sa valeur.

CHAM. — En dehors des affiches de ce caricaturiste (de son vrai nom le Comte de Noé) qui étaient réservées aux *Almanachs pour rire ;* à l'*Almanach comique* à l'*Almanach du siège de Paris*, etc., Cham a fait une affiche considérable pour *l'Assemblée générale comique*, — une autre, pour *les Prodiges de l'industrie*, de Louis Huart, — une troisième, pour *la Régence et Louis XV*, d'Alexandre Dumas, — et enfin une quatrième pour les *Mémoires d'une fille du peuple*. Il a également signé de son nom de N. (de Noé) une affiche pour *la Parodie du Juif-Errant*.

FOUQUIER. — De ce fin dessinateur qui se révéla par l'eau-forte, on connaît une affiche de librairie pour *Marcel*, de Félicien Malfille.

ED. MANET. — Une affiche célèbre et rarissime de ce réaliste fut faite vers 1876 pour *les Chats*, de Champfleury, dont nous donnons la reproduction, et une autre pour l'annonce du poème d'Edgard Poe, *le Corbeau*, traduit par Charles Cross aux environs de 1879.

EDMOND MORIN. — Affiches pour *la Compagnie des Indes*, — pour *l'Almanach pour rire*, — pour un « patient recevant le knout », — et pour le journal *Le Petit Rappel*, tambour battant la charge.

GRÉVIN. — Nombreux spécimens d'affiches, de ce maître de l'art féministe parisien de 1865 à 1885 ; les titres suivent : *la Cuisinière modèle*, — *la*

Petite Poste des amoureux, — *la Vraie. Clef. des songes,* — *le Guide Conti,* — *Ce qu'on voit dans la main* et *Son Altesse l'Amour,* par Xavier de Montépin.

CARPEAUX. — Vous avez bien lu, oui, Carpeaux, le grand sculpteur, a fait un dessin pour la couverture du livre et pour l'Affiche du *Bluet,* par Gustave Haller, pseudonyme de Mme Fould (1875).

Dessin de J. CHÉRET.

DAUMIER. — On conserve de Daumier une affiche archiconnue, celle de l'*Entrepôt d'Ivry.* Ce témoignage charbonneux de l'illustrateur de la *Némésis médicale* a toute une histoire. Emile Bayard avait fait pour M. Desouche un dessin destiné à la publicité de ses charbons d'Ivry; M. Desouche, qui aimait les arts, faisait de la statuaire et cultivait les artistes, pria son ami Daumier de refaire le dessin de Bayard. Daumier y consentit avec la bonhomie qui lui était familière. C'est ainsi que l'affiche qui nous montre une brave servante, très gaillarde, se gaudissant à la vue d'un charbonnier chargé d'un superbe sac, fut crayonnée par le grand Daumier, bien qu'elle ne porte pas sa signature.

ALPHONSE DE NEUVILLE. — *Hamlet*, affiche opéra, mise sur pierre par Vernier.

ANDRÉ GILL. — Affiches pour *la Lune rousse*, — *la Parodie*, — *les Femmes de Paul de Kock* et *le Melon*.

DANIEL VIERGE. — Affiches pour le *Quatre-vingt-treize*, de Victor Hugo, — et pour *l'Homme qui rit*. — OEuvres rares.

G. VIBERT. — Affiche pour *la Toile d'araignée*, de Poupart-Davyl, femme japonaise dont la tête ressemble par l'expression à celle de Réjane.

GEORGES CLAIRIN. — Affiches pour *le Cid*, opéra de Massenet, — *Esclarmonde*, opéra, — et pour *l'Ode triomphale*, d'Augusta Holmès.

ORAZI. — *Aben Hamet*, opéra. Affiche très originale et très bien lithographiée ; M. Orazi a également dessiné le très remarquable entourage byzantin de l'affiche de *Théodora* dont M. Gorguet n'a composé que le dessin du milieu. Il existe deux versions de cette affiche de *Théodora*. Les vrais collectionneurs exigeront les deux versions.

Nous arrêterons là notre nomenclature de l'affiche noir et blanc datant d'hier et confinant à l'affiche polychrome d'aujourd'hui. — Celles que nous indiquons dans cette liste expresse sont les rarissimes qui doivent former la base de toute collection sérieuse.

Venons maintenant aux autres Maîtres de

l'Affiche et plus particulièrement à Jules
Chéret, le Roi incontesté de la polychromie
murale contemporaine.

✤ ✤ ✤

Il est permis de dire que l'Art de l'Affiche a
subi, depuis une quinzaine d'années seulement,
son complet développement grâce à la fanfare
de couleurs dont la chromo-lithographie moderne a su orchestrer les diverses harmonies,
et grâce surtout au magicien d'art Jules Chéret,
qui, depuis vingt ans, enlumine de ses fresques
joyeuses les murs gris de la capitale.

Jusques à 1860 environ, l'Affiche était mono-
chrome et les typiques et admirables lithographies que nous venons d'indiquer semblaient
plutôt faites pour être épinglées à l'intérieur
des boutiques que pour être collées en pleine
adhérence sur les murailles de la rue. Nous
ne pouvons guère faire exception que pour
certaines affiches extraordinaires, exécutées
par les procédés de fabrication des papiers
peints, et dont un imprimeur de la rue de la
Verrerie, nommé Rouchon, fut le vulgarisateur,
vers 1847 environ. — Parmi les placards vraiment étranges et d'un aspect éminemment
comique lancés par Rouchon, la pièce la plus
considérable est celle des *Fils du Diable*, grand

roman par Paul Féval, alors publié par *l'Époque.*
—. Paul Baudry a composé pour Rouchon
une affiche énorme,
pour un magasin de
n o u v e a u -
tés : *A Saint-*
Augustin.

Ces pla-
cards en po-
lychromies
sont incen-
diaires, é-
clatants,
criards et
d'un pri-
mitif de néo-Calé-
donien ; nous ne
les citons donc que
pour mémoire, et comme un point de départ
et un flagrant témoignage de l'incontestable
révolution créée par Jules Chéret, et quelques
autres à sa suite, dans le prisme diapré de
l'affiche illustrée.

Il ne nous appartient pas ici de rechercher
si Chéret n'est pas un adaptateur merveilleux
plutôt qu'un créateur, ni de faire connaître si,
longtemps avant lui, les Anglais, et surtout
les Américains n'ont pas imprimé et publié de
vastes et éclatantes décorations polychromes

AFFICHE DE LÉON SOLON POUR ARISTOPHANE.

AFFICHE DES FRÈRES J. ET W. BEGGARSTAFF.
Pour le drame *Thomas Becket*, interprêté par Irwing
au théâtre du Lyceum.

obtenues soit à l'aide de la lithographie soit par des bois répérés. La plupart des Cirques américains qui traversaient nos provinces, au temps des fastidieux collèges, arboraient, s'il vous en souvient, des abracadabrantes réclames multicolores sur les quelles les clowns de Jules Chéret se trouvaient à l'état d'embryons. — Mais qu'importe la genèse de ce talent si personnel, si souple, si féministe, si français en un mot.

Affiche de E. Grasset pour la Grafton Gallery.

Si nous devions regarder hors de Paris, il nous faudrait consacrer à l'art original de l'Affiche en Angleterre, en Allemagne, en Italie, en Espagne, en Amérique, une série de notes d'études qui ne viendront à la suite de ces lignes qu'à l'état de sommaire. Puis, sur cette pente, comment nous arrêter ? N'avons-nous pas acquis tout récemment une série d'étonnantes affiches théâtrales japonaises, chefs-d'œuvre de mouvement dramatique, de coloration et de perspective, pièces superbes de lumière et d'éclat de couleurs, où

l'or et l'argent scintillant et, s'irradiant dans
les ciels, brillent avec intensité sur les armures
et chamarrent les costumes? — Ne serait-ce
pas là encore un autre point de départ pour
de lointaines investigations? — Nous y résis-
terons, soyez-en sûrs, car, en matière de curiosité, le plus léger sujet qu'on s'avise d'approfondir tourne vite à l'universalité et englobe,
si l'on n'y prend garde, l'histoire de l'antiquité
et celle de tous les peuples du monde.

Jules Chéret, s'il n'a pas, l'un des premiers,
apporté la brillante pyrotechnie des couleurs
et le frémissement exquis des tons sur la
pierre lithographique, est certainement le
premier qui ait donné à l'annonce industrielle
un délicieux caractère d'art affiné et spirituel.
Son talent, comme on l'a remarqué, descend
directement de Watteau, et il excelle à
peindre ces éternelles invitations au départ
pour des Cythères parisiennes où de modernes
et volupteuses bacchantes sautillent, se tordent
et cambrent leurs croupes en montrant des
yeux qui s'allument ou se pâment et des
sourires alanguis, provocants et mouillés.

« Dans cette essence de Paris qu'il distille, —
écrit J.-K. Huysmans dans sa pénétrante étude
sur Chéret, qui figure en son livre *Certains*, —

il abandonne l'affreuse lie, délaisse l'élixir
même, si corrosif et si âcre, recueille seulement les bouillonnements gazeux, les bulles
qui pétillent à la surface.

« Il verse une légère ivresse de vin mousseux,
une ivresse qui
fume teintée de
rose; il la per-
sonnifie, en
quelque sorte,
dans ses fem-
mes délicieu-
ses par leur dé-
braillé qui
bégaye et sou-
rit, sans cri
vulgaire. Il
prend une fille
du peuple à
la mine polis-
sonne, au nez

Affiche de Steinlein.

inquiet, aux yeux qui tremblent; il l'affine, la
rend presque distinguée sous ses oripeaux,
fait d'elle comme une soubrette d'antan, une
friponne élégante dont les écarts sont délicats.
L'on peut, à ce propos, citer, entre beaucoup
d'autres, une planche de bal masqué où un
Méphisto noir et rouge enlève une danseuse
dont les allures chiffonnées ravissent. Il fait

à ce point de vue songer aux dessinateurs
d'il y a cent ans; il est, si l'on peut dire, le
xviiiᵉ du xixᵉ siècle !

« Et ce coin spécial d'art qu'il affectionne,—
dit encore Huysmans, — se retrouve aussi dans
ses enfants qu'il dessine avec une incomparable verve, un peu joufflus éveillés, toujours
heureux, car ils sont presque constamment
environnés de jouets. Les interminables affiches qu'il a prodiguées aux magasins l'affir-
ment... En résumé, si nous parcourons l'œuvre
de cet ingénieux fantaisiste, nous trouvons
dans les sujets imposés, souvent rebelles, et
avec une réticence forcée de tons,— qui se
résument en quelques-uns pour les tirages,—
une expression de vie très personnelle, décorative et humoriste, une senteur parisienne
portée à son acuité suprême et se résolvant en
ces gaz hilarants dont les effluences réjouis-
sent et grisent les gens qui les aspirent. »

Jules Chéret est en progrès constant sur son
œuvre précédent. Imité de tous côtés, il a
malicieusement modifié ses procédés, et il est
arrivé aujourd'hui, à l'aide des trois couleurs
primordiales, avec le rouge, le jaune et le bleu,
à donner des impressions d'une fraîcheur
éclatante, d'une gaieté radieuse et d'un aspect si crâne qu'elles font pâlir ses anciennes
affiches où l'emploi du noir et des fonds dégra-

dés apportait moins de lumière, d'imprévu et
de taches claires que, par l'emploi de trois
tons, ses vibrantes
compositions actuel-
les. Ces dernières il-
lustrations murales si
primesautières nous
montrent, par des
grains délicieux à
fleur de pierre, par
des crachis de brosse
ou de vaporisateur,
par de hardies balayu-
res de crayon les
chairs de femmes fris-
sonnantes sous les
gazes jaunes des robes,
se détachant sur des
fonds qui semblent
largement brossés et
qui s'arrêtent pour se
silhouetter en lignes
capricantes et folles.
On ne croit pas qu'il
puisse dépasser cette
maëstria.

Affiche de A. VILLETTE.

L'œuvre de Jules Chéret est considérable.

Henri Béraldi, dans le minutieux supplément consacré dernièrement à l'inocographie du maître lithographe, a catalogué à l'article *Chéret*, dans *les Graveurs du* xixe *siècle*, 950 numéros, et M. Maindron, — rien que pour *l'Œuvre murale de Chéret*, — nous indique 882 affiches exécutées au début de 1896. Étant donnés les oublis inévitables de l'iconographe Béraldi et la production constante de Chéret depuis vingt ans, on peut hardiment porter le nombre des compositions de toute nature de Chéret à 1100 ou 1200, parmi lesquelles les affiches, comme on le voit, figurent pour plus des deux tiers.

Il y aurait vraiment de quoi désespérer les collectionneurs, s'il leur fallait réunir ce stock considérable de papier lithographié qui, mesuré d'après la moyenne des affiches déployées en hauteur, donnerait ouvert et étendu à la suite plus d'un kilomètre de parcours. Il est donc raisonnable de borner les ambitions des amateurs ; c'est pourquoi, puisque nous devons ici plutôt guider les chercheurs que de les amuser par des observations esthétiques, nous donnerons le signalement, sinon des plus jolies, du moins des pièces les plus insignement rares dues au talent prestigieux du Véronèse des murailles de Paris.

Voici donc les titres des affiches qui mettent

les *Chéretolâtres* en chasse et en fièvre de possession. Ce sont pour la plupart les trésors inviolables des principaux collectionneurs d'Affiches.

Affiche de A. GUILLAUME.

. *Les Trois Mousquetaires*, — *la Juive du Château-Trompette*, — *les Misérables* de Victor Hugo, deux affiches, dont une (non cataloguée par Béraldi), d'une très belle allure, représente Jean Valjean, en forçat, et Fantine debout, adossés l'un contre l'autre. J'imagine que cette affiche n'a pas dû paraître. — Puis *Pan*, — *David Copperfield*, — *les Mystères de Paris*, voilà pour les affiches dites de librairie.

Parmi les placards de théâtre, je citerai : *la Princesse de Trébizonde* aux Bouffes, et, sur le même sujet, une autre pièce pour une Compagnie bouffe, omise par l'iconographe des Gra-

veurs de ce siècle. — *Fanfreluche* à la Renaissance, *le Droit du Seigneur*, aux *Fantaisies*, et à
la *Gaîté* (deux pièces différentes, la seconde
est la plus heureuse). Celle de *l'Athénée-
Comique*, représentant la tête grimacière de
Macé-Montrouge est une très hilarante production ; — *Orphée aux Enfers* à la Gaîté, affiche
dont il existe deux variantes, avec de très notables différences dans les personnages ; — *les
Coulisses de l'Opéra*.

Les Deux Pigeons à l'Opéra ; il existe une première affiche, tirée à trois ou quatre épreuves
seulement pour ces *deux Pigeons* en sens inverse,
très, très jolie. A citer encore, parmi les belles,
anciennes et rarissimes pièces de théâtre, une
affiche pour un opéra tiré du *Bossu* de
Féval, et qui n'a tiré que quelques épreuves
d'essai sans avoir jamais été mise en circula-
tion. Parmi les cafés-concerts : *Tivoli Vaux-
Hall* (la Folie entre les médaillons de Pierrot
et de Polichinelle). Cette superbe pièce,
vendue 28 francs à la vente A.-V. H., mai 1890,
a eu les honneurs de la copie pour une affiche
récente destinée au même établissement ; —
Ambassadeurs : clowns et bacchantes, signée et
datée de 1884, et enfin PARMI LES AFFICHES DE PETIT
FORMAT QUART COLOMBIER QUI SONT FACILEMENT
COLLECTIONNABLES : à l'*Hippodrome*, écuyère
et clown, dans le centre une tête de cheval

AFFICHE DE JULES CHÉRET.
Datée de 1880, pour la *Tarentule*, ballet des Folies-Bergères,
avec costumes de Grévin.

Numéro 106 du *Catalogue de l'œuvre murale de Jules Chéret*.

AFFICHE DE GRANVILLE.

Pour les *Petites misères de la vie humaine*, publiée en 1843,
par l'éditeur Fournier. Gravure sur bois de Porret.

Une des plus curieuses, des plus anciennes et des plus rares
affiches sur bois qui soient connues des collectionneurs.

blanc, écuyère sur un cheval blanc, *Plum-pudding,* — *Cadet-Roussel,* — *le Chat botté,* — *les Porte-Veine* (course de cochons) d'une verve étonnante ; aux Folies-Bergère : *la Tarentule* (*qui est ici reproduite*), *Léona Dare* — *le Sphinx,* — *Monaco,* — *Do-Mi-Sol-Do,* — *Une soirée en habit noir.* A dessein, je ne cite que les affiches très remarquables non citées par Maindron et Béraldi ; ainsi je ne fais pas mention de *la Musique de l'avenir* par les Bozza, reproduite par Maindron dans son Livre déjà cité.

Affiche de Steinlein.

Parmi les affiches de commerce exécutées par Chéret, celle de l'*Eau des Sirènes* est délicieuse (il faut avoir l'état avec la chevelure courte), *la Glycérine Toot Paste,* et enfin la série tout à fait hors ligne des affiches faites pour les *Étrennes du Magasin des Buttes-Chaumont,* de 1884 à 1890. Une de ces affiches, qui

16

représente trois bébés, dont un vêtu de blanc,
un polichinelle et un petit lapin mécanique,
est une œuvre incomparable par la vie, le
groupement et le rendu des personnages.

Chéret est aussi l'auteur de nombreuses
couvertures de livres, romans, pantomimes,
monographies, et aussi de dessins coquets ou
joyeux pour morceaux de musique, programmes, menus, etc. ; c'est dans ces petites
pièces, où l'artiste a mis une fantaisie toujours nouvelle au service d'une science décorative, assurément sans égale en notre temps,
que les amateurs d'estampes trouveront la joie
de se livrer à une ample moisson. Il est tout à
fait indispensable pour goûter la saveur de ces
merveilles de les posséder en premières épreuves, en ÉPREUVES DITES D'ESSAI ; ce sont les
seules qui soient tirées directement sur la
pierre matrice, le tirage courant étant obtenu
par des reports multiplicateurs qui permettent
de fournir des épreuves à prix modiques.

Parmi les couvertures de livres à signaler
plus particulièrement : *Graine d'horizontales,* —
Bureau du commissaire, — *Montjoyeux : Femmes
de Paris,* — *le Mois théâtral,* — *Almanach du Chat
noir* (inédite), — *le Carnet des Parisiennes.* —
Parmi les livres de Romances : *Myrtille* (qui

figure ici repro-
duite),—*Eldorado*,
España,—*Polonia*.
Marche joyeuse,
Gitanella, etc.,
Nous ne citons
que les pièces les
plus anciennes,
c'est-à-dire les
moins connues.

❧

« Durant cette
fin de siècle qui
impose au cer-
veau la peine d'un
incessant labeur,
les murs de la rue
eux-mêmes cons-
pirent contre le
repos du regard,
de l'esprit, écri-
vait Roger Marx,
dans la préface
aux *Maîtres de
l'Affiche*; la chan-
geante décoration
dont ils s'ornent
chaque jour capte

Affiche de G. DE FEURE.

de vive force l'attention, et si affairé, si scep-
tique soit le passant, il lui faut subir le charme
de la vision jetée sur son chemin, suivre l'ara-
besque verveuse du dessin, goûter la floraison
diaprée épanouie parmi les pierres grises. C'est
que, pour frapper sûrement et mieux convaincre, la Réclame a appelé l'art à son aide; elle
a emprunté la poésie des allégories, elle s'est
faite image, et sa parure de beauté lui a valu,
avec des chances inespérées d'efficacité, d'im-
prescriptibles droits à l'attention des esthètes.

« La rue aujourd'hui, grâce à l'affiche illustrée, est un musée en plein vent formé au
hasard, où le génial se heurte au médiocre,
où l'exquis voisine avec le grossier, où le
spirituel côtoie l'absurde, — un musée qui se
renouvelle avec la soudaineté des changements
à vue d'une féerie; car elle a le sort précaire
de tout ce qui brille, du papillon et de la fleur,
l'affiche qui rutile sous le soleil, pâlit au travers des brumes, et dont les lambeaux pen-
dent tristement, balancés par la bise, après
les ondées, les rafales. On voudrait retenir la
vision, sauver de l'oubli tant de productions
charmantes; mais le loisir n'est pas laissé
d'opérer un tri rendu de plus en plus
malaisé par le nombre toujours croissant
des affiches; ceux-là mêmes qui le tentent se
trouvent entravés dans leur bon vouloir par

l'exiguïté du home, par la difficulté de présenter, de conserver ces feuilles fragiles, dé-
licates à éployer et vastes au point que l'œil

ne peut presque
jamais, faute de
recul, embrasser
l'image dans son
ensemble. »

Les collection-
neurs d'affiches
sont donc déjà dé-
bordés et obligés
de se spécialiser,
de se limiter.

Toute une pléiade
d'artistes sont en
effet venus faire
une brillante es-
corte à Jules Chéret

Affiche de Boutet de Monvel.

et déjà l'enveloppent d'une furieuse farandole
qui finira peut-être par éclipser l'illustre
maître et le grand précurseur.

Comment ne pas succomber sous le poids
de tant de papier ; le collectionneur périra,
écrasé par la collection.

Parmi les principaux maîtres de l'affiche
contemporaine, Eugène Grasset, Willette,
Toulouse-Lautrec, Ibels, Bac, Forain, Choubrac, Pal, de Feure, Steinlein, Georges Meu-

nier, Lucien Lefèvre, Lucien Metivet, Moreau Nélaton, A. Guillaume, Bouisset, Valloton, Réalier-Dumas, Anquetin, Bonnard. Mucha, Boutet de Monvel, L. Noury, Lapierre, Fraipont, Caran d'Ache, Hugo d'Alesi, Lucas, Baylac, Ogé, Japhet, Gray, Misti et beaucoup d'autres dont les noms nous échappent. Presque tous mériteraient une légère mono-iconographie, mais ce serait faire tout un volume et il en existe déjà quelques-uns plus ou moins complets. Nous préférons résumer ici les principales œuvres parmi les plus anciennes qu'il convient de posséder de ces modernes dessinateurs d'affiches. Reprenons le système du catalogue, et, au hasard des noms, citons :

CHOUBRAC. — *L'Elysée-Montmartre*, — *le Joyeux Moulin Rouge*, — *Journal fin de siècle*, — *Ilka*, — *Poses plastiques aux Folies-Bergère*, — *Eldorado*, — *Ducastel*, — *Cycles Humber*, etc.

FÉLIX RÉGAMEY. — Affiche pour le journal *la Jeune France*, dirigé par Albert Allenet. Autre affiche pour *le Théâtre au Japon* (Vaudeville). Ce sont les meilleures pièces de cet artiste.

CARAN D'ACHE. — Affiche pour *la Vie d'hiver*, supplément de *l'Indépendance belge*; — *les Ombres chinoises de l'Alcazar d'hiver*; — *Fantasia*, de Rochefort, affiche de libraires, affiche pour kiosque;

Réclame d'un fabricant de chemises. — *Exposition Russe, Champ-de-Mars.*

FORAIN. — *Le Monde parisien* (journal). — *Les fêtes des Tuileries pour les victimes du choléra,* sur fond or. — *La Femme d'affaires,* par Dubut de Laforest. — *Exposition des Arts de la femme.* — *Deuxième Salon du Cycle.*

STEINLEIN. — *Le Rêve.* Ballet. Très jolie affiche. — *Le Lait stérilisé.* — *Yvette Guilbert.* — *Poules et Coqs au Perchoir.*

LUQUE. — *Cirque d'Hiver.* — *Madrid et Paris.*

HENRY RIVIÈRE. — *La Tentation de saint Antoine.* Ombres chinoises.

ADOLPHE WILLETTE. — Affiches pour : *le Nouveau Cirque,* — *l'Événement parisien* (ce journal, à cause de l'été, annonce son apparition bihebdomadaire), — *Pauvre Pierrot!* (affiche exquise,) — *le Courrier français,* — *les Conférences de la salle des Capucines,* — *l'Enfant prodigue,* — *l'Élysée-Montmartre,* — *le Petit National illustré,* — *les Élections législatives de 1889,* — *le Cacao van Houten* (deux affiches). — *Exposition des Œuvres de Charlet,* — *la Revue Déshabillée.*

FRAIPONT. — Quelques jolies affiches de cet artiste surtout lorsque le paysage est en jeu; le bonhomme n'est pas son fort, c'est un décorateur, un *fleuriste.* — *Le Moniteur de la Mode;* — *Yedda,* ballet de Métra; — *la Damnation de Faust;* — *l'Océan; les Cévennes;* — *les Vosges;* ces trois dernières affiches de chemins de fer exécutées par des procédés de *chromotypographie* infiniment plus secs que la litho.

EUGÈNE GRASSET. — Un véritable maître contemporain, l'illustrateur des *Quatre fils Aymon*. On peut encore aujourd'hui se procurer, mais non sans difficulté les superbes affiches de cet artiste. En voici la liste : *la Librairie romantique*, un des chefs-d'œuvre du genre, composée pour l'entreprise avortée de l'ex-éditeur Ed. Monnier ; *le Cavalier Miserey*, d'Abel Hermant ; *les Fêtes de Paris*, — *le Théâtre de l'Odéon*, — *les Tapis de la Place Clichy* ; — *Jeanne d'Arc*, affiche de théâtre pour la Porte-Saint-Martin, avec deux versions de la tête de Sarah Bernhardt ; la seconde refaite au gré de l'artiste, mais moins typique que la première. Enfin, *le Chocolat mexicain*, — *les Villes d'hiver*, — *Napoléon en Égypte*, — *l'Encre Marquet*, — Grafton Gallery, — Salon des Cent, etc.

BOUTET DE MONVEL. — *Pâte dentifrice du Docteur Pierre*, — la *Petite Poucette*. Deux délicieuses estampes murales de ce grand artiste.

GEORGES DE FEURE. — *Salon des Cent*. — *Les Montmartroises*, — *Paris-Almanach*, — *le Diablotin*, — *Naya*, — *Edmée Lescot*, — *Genève*, — *Palais indien*, — *Isita*, — *Léo-Bert*, — *Loïe Fuller*, — *Camille Roman*, — *Fonty*, — *Salomé*.
De Feure est un des plus originaux et des plus chercheurs d'expressions d'art, parmi les jeunes.

ALBERT GUILLAUME. — *Armour's extract of Beef*, —

AFFICHE DE TONY JOHANNOT.

Pour le *Don Quichotte*, publié par Dubochet en 1840, en annonce de l'édition en un volume, succédant à celle de 1837, en 2 volumes.

Delion chapeaux, — *Cycles Vincent fils.* — *Vin d'or,* — *Duclerc; Ambassadeur,* — *Gigolette à l'Ambigu,* — *Eau de Couzan.* — *Eau de Vichy.*

H. DE TOULOUSE-LAUTREC. — *Jane Avril,* — *Le matin,* — *Aristide Bruant,* — *Caudieux,* — *Divan Japonais,* — *Confetti.* — *Le pendu,* — *Babylone d'Allemagne,* — *Reine de joie,* — *Les drames de*

AFFICHE DE J. L. FARAIN

Toulouse, — *Salon des Cent,* — *May Milton,* — *May Belfort,* — *Revue blanche,* etc.

GASTON NOURY — *Pour les pauvres de France et de Russie,* — *Salon des cent,* — *Salon de coiffure,* — *Affiche pour M. Didier, Bouquiniste,* — autre pour M. Arnould, iconopole.

GEORGES MEUNIER — *Papier à cigarettes Job,* — *Palais du Vélodrome d'hiver,* — *Les Touaregs,* — *Nouveau Cirque,* — *Pirouette revue,* — *la Belle Chiquita aux Folies-Bergère,* — *Bullier,* — *Trianon Concert* (une des plus jolies), — *Cheminées russes,* — *Théâtre de l'Opéra, Bal masqué,* —

Nouveau Cirque Américain, — *Jardin de Paris*, — *Montagnes russes nautiques*, — *Cavour cigare*, etc.

Georges Meunier semble être le plus joyeux disciple de la claire manière de Jules Chéret ; il a du maître l'exquis parisianisme, le mouvement, le chic endiablé et la franchise de la couleur. Certaines de ses affiches semblent être de Chéret, mais d'un Chéret dont le féminisme serait moins svelte et plus grassouillet, moins élancé.

LUCIEN MÉTIVET. — *La femme enfant*, de Catulle Mendès, — *Georges et Marguerite* (général Boulanger) par Cahu, — *Gwendoline*, — Par *l'Hygiène* et surtout *Les joyeuses commères de Paris* et *Eugénie Buffet*.

MUCHA. — On connaît de ce jeune artiste hongrois *Gismonda*, un chef-d'œuvre du genre, — l'affiche des *Amants*, pour la Renaissance, et enfin : *Salon des cent, XX° Exposition*. — *Dame aux Camélias*.

PAL, autrement dit PALÉOLOGUE, ne possède pas un talent très affiné ni très rare, mais son œuvre vaut d'être signalée. On connaît de lui *Cabourg*, — *Loïe Fuller*, *The New Drury Lane*, — *Miss May Belfort*, — *Mam'zelle Carabin*, — *Diamantine aux Ambassadeurs*, — *Withworth Cycles*, — *Casino de Paris*, — *Enlèvement de la Toledad*, — *Arista, la meilleure eau de table*, — *Parisiana : Gilberte*, etc., etc.

M. REALIER DUMAS, un des derniers venus et qui fait montre de quelque personnalité, nous a donné dans son style des vases étrusques, *Bec Auër, incandescence par le gaz* et — *Paris Mode*,

deux affiches que nous reproduisons très réduites
en ces pages.

H. G. IBELS, cet artiste encore jeune, et qui su se
faire un genre de son inexpérience du dessin et
du lâché paresseux de son crayon, a produit
nombre d'affiches qui sont d'un effet assez amusant en raison même de leur composition sommaire. On a de lui : *Mévisto* avec une vue de
banlieue primitive et plaisante, *Irma Perrot,* —
Le Lever du critique, — *Escarmouche.* — *Jane
Debary,* — *Yvette Guilbert,* — *Irène Henry,* —
Le Salon de la plume et l'affiche pour *l'Exposition de ses œuvres* à la Bodinière en 1895.

ANQUETIN, qui est un peintre très savoureux, pour
qui connaît ses avatars et ses toiles successives,
a cherché non sans bonheur, à donner sa note
dans l'affiche. On lui doit : *M*^me *Dufay, concert
de l'Horloge*, et l'annonce murale du journal sati-
rique *Le Rire*.

JOSSOT, qui possède un talent de silhouettiste éminemment précis et comique, relevé d'étonnants à-
plats de couleurs, ne nous a donné qu'une affiche :
Pain d'épices de Dijon.

ROCHEGROSSE, le peintre connu et le chercheur
d'effets étranges, a exécuté pour des éditeurs de
musique, trois affiches : *Samson et Dalila* — *Le
Vaisseau Fantôme* — *Lohengrin*. Ce sont à vrai
dire des œuvres médiocrement reproduites et
sans grand intérêt.

FÉLIX VALOTTON n'a produit, avec son affirmation
du trait, son style primitif parfois si drôle, que

deux affiches, l'une *Le Plan commode*, l'autre plus connue, pour une Revue de café concert : *Ah! La Pé, La Pé, La Pépinière!* toutes deux noir et blanc.

Nous passons volontairement sous silence les peintres d'affiches pour Compagnies de chemins de fer, ceux plus innombrables encore pour le cyclisme et quelques professionnels employés à l'année chez des lithographes et qui signent des œuvres qui ne valent vraiment pas l'attention. Il s'agit de ne pas se laisser déborder et le collectionneur qui réunirait déjà la série des affiches tant anciennes que modernes publiées en France, et que nous venons de signaler dans ces pages hâtives, pourrait se vanter d'avoir recueilli la fleur murale de l'affiche depuis soixante ans.

Ajoutons cependant les affiches de CARLOZ SCHWABE pour *l'Exposition* de la Rose + Croix et pour *l'Audition d'œuvres de Guillaume Le Kell*. Tout ce que produit M. Carloz Schwabe ne peut nous laisser indifférents. Nous dirons de même à propos de M. Aman Jean dont on ne connaît qu'une très belle fresque en guise d'affiche pour le *Salon de la Rose + Croix*. Nous ne parlerons point des affiches de M. BONNARD, c'est un *Tachiste*, un *intentionniste* dont les efforts peuvent être intéressants en peinture, mais en lithographie le rébus est fatigant.

Nous ne pensons point qu'il convienne de faire rentrer dans le genre de l'Affiche les tentatives de Madame la vicomtesse d'A... qui signe ses œuvres du pseudonyme de Yeldo, sortes de bas-reliefs faits de *staf* verni et qui ont l'apparence lourde et un peu barbare des rondes bosses coloriées. On connaît un *Bruant;* une *Yvette Guilbert;* un *Moulin Rouge*, exécutés par ces procédés. Ce n'est pas plus *de l'affiche* que les peintures sur fond métallique en clinquant du statuaire Pierre Roche. Ne quittons plus la lithographie, c'est encore l'incomparable souveraine au pays des estampes murales.

Affiche de Réalier Dumas.

« On a souvent remarqué le caractère scandaleux de l'affiche. La fille sous les armes, battant le pavé ou dansant le cancan, en est le thème privilégié, dit Maurice Talmeyr dans l'étude déjà signalée de la *Revue des Deux-Mondes*. Qu'on veuille nous écouler une pâte épilatoire ou un reconstituant, on nous les fait toujours annoncer par elle ; elle achalande la boutique, et l'on ne sait même plus trop ce qu'elle y vend. L'art mural, toutefois, il faut bien le dire, a toujours eu ce côté liciencieux, même aux époques de compression et d'autorité. Les indescriptibles fourmillemens de moines vicieux, de nonnes, de sorciers, de diables et de boucs, fouillés dans les vieux monumens, nous prouvent à quelle luxuriance de lubricité fantaisiste et décorative se livraient les artistes et les ouvriers chargés d'ornementer les graves édifices. On y retrouve toutes les imaginations de l'éternelle perversité, et l'affiche, ici, continue la tradition, et ne la continue même qu'en la gazant. Le mur, comme le latin, brave l'honnêteté, et la muraille moderne la brave à sa façon. Les anciennes sorcières des vieux bas-reliefs ont quitté les vieux chapiteaux et les vieux portails, passé chez la modiste et la lingère, mis des chapeaux à plumes et des peignoirs transparens, changé leur manche à balai en éventail, et sauté, ainsi transformées, dans les fulgurans chromos où elles nous engagent à acheter les élixirs de jeunesse qui les ont elles-mêmes rajeunies. Ève, si souvent aperçue

dans les antiques vignettes de pierre de nos
cathédrales, a ressuscité sur les kiosques,
dans de joyeuses descendantes un peu moins
déshabillées qu'elle, mais tout aussi tentatrices,

et qui ont d'in-
nombrables va-
riétés de pommes
à nous offrir.

» Une différence
énorme, cepen-
dant, n'en existe
pas moins entre
l'immoralité mu-
rale d'autrefois et
celle d'à présent.
Lorsque l'ancien
bas-relief est obs-
cène, il l'est crû-
ment, avec quel-
que chose de
naturel et de bar-
bare, ou de natu-

Affiche-programme de JEAN TOOROP
pour le théâtre de l'Œuvre.

rien et de mythologique. C'est une fantaisie
impudique, étalée en toute nudité, mais
n'allant pas plus loin que la fantaisie pour
la fantaisie et la nudité pour la nudité. C'est
l'impudeur animale interprétée par l'impudeur artiste. L'affiche est tout autre chose,
et son impudeur, à elle, est savante, systéma-

tique, calculée, dosée, commerciale; c'est une
impudeur de profession, qui se gouverne et se
mesure selon les exigences et les roueries d'un
métier; c'est l'impudeur de la prostitution.
Cette femme agile et preste de l'annonce, qui
se déshabille ou se rhabille à volonté, s'emmi-
toufle de fourrures ou nous montre ses épaules, et se détaille avec tant de science, sous
tous ces effets de lumière ou de coups de
vent, cette jolie femme-là ne fait pas tout cela
pour son plaisir, comme la bonne dame sans
malice des chapiteaux, mais dans une intention,
pour la galerie, pour la rue, pour le fils de
famille qui va passer, ou le vieux monsieur
qui la regarde. Elle nous appelle, nous cligne
de l'œil, se déhanche, rit, trottine et se démène
pour qu'on la suive. Elle *fait le mur*, et nous
guette pour nous dévaliser. Le naïf bas-relief,
lui, se perd dans l'ombre et le gris de la pierre ;
il a peur du jour. L'insolente affiche, au contraire, est équipée pour la guerre, harnachée
pour le trottoir, parée pour la promenade ou
le théâtre, et sa nudité même, quand elle est
nue, est une nudité composée, fardée, blan-
chie, une nudité maquillée. C'est une cabotine
et une créature qui est là pour « faire ses
affaires », et qui, en cela encore, résume bien
son temps. Prostitution et cabotinage, toute
l'époque est là, et c'est bien aussi l'esprit de

l'affiche. Vous apercevez une almée de Mont-
martre ou de Batignolles danser et se tortiller
sous des tuniques lumi-
neuses, comme réclame au
meilleur remède contre la
dyspepsie ou le coryza ?
Ce n'est pas là seulement
l'annonce d'un remède,
mais l'incarnation même
du peuple qui en a besoin. »

Mais il était dit que l'affiche, en raison même de
son succès populaire, atti-
rerait même l'attention des
réformateurs et des mis-
sionnaires du bien par le
beau. C'est ce que Maurice
Talmeyr n'avait point pré-
vu. Voici que, sur l'initiative de M. Paul Desjardin,
directeur de l'*Union pour
l'action morale*, vient de

Affiche de RÉALIER DUMAS.

paraître la reproduction lithographique d'une
des plus belles œuvres de Puvis de Chavannes,
L'Enfance de Sainte Geneviève, que l'on fait afficher dans un but d'éducation par l'estampe
murale dans les rues de Paris.

Ce n'est, nous affirme-t-on, qu'un début mais
l'*affiche morale* est dès lors créée. Il faut lui

souhaiter tous les succès possibles, mais il serait puéril de s'illusionner sur sa portée réelle ou sur son action future.

L'*Affiche morale* aura beaucoup à faire pour lutter contre l'affiche diabolique, décolletée, débraillée, bonne fille qui éclate et « rigole », comme dit Gravoche, au coin de la rue. L'affiche Armée du Salut ne saurait tenir longtemps la muraille. Le terrain ne lui est point favorable — tout ce qui fait appel à l'attention publique doit *gueuler* avec ou sans art, éclater dans une fanfare de couleurs, fulgurer de lumière et rappeler dans sa facture le fameux « Balai ivre » de Delacroix.

L'affiche morale sera toujours distinguée, d'une polychromie discrète, d'un dessin janséniste, honnête, timide, effacé ! Ce n'est pas elle qui trouera la muraille, qui éclaboussera les blancheurs des récrépis de vermillon et d'indigo. Elle n'aura point, on peut le croire, de succès ni auprès des amateurs qu'elle vise, comme capitalistes déguisés de l'opération, ni auprès du passant qui s'arrêtera un instant et se retirera indifférent mais non moralisé.

L'affiche qui est séductrice, qui fait appel à nos sens, qui nous grise de couleur et nous met en appétit de beauté profane ne peut être moralisatrice que par-dessus ou par delà le sujet traité. — Tout ce qui est supérieurement

beau, même dans l'immoralité, est supérieurement moral.

La morale ne gagnera rien à devenir murale.
Le verbe *afficher* ou s'afficher ne sera pas de
longtemps pris en bonne part dans notre France.

« La véritable vertu n'aime pas à s'afficher »,
a-t-on dit en un proverbe fameux. — Le mot
d'affichage implique une idée de fanfaronnade,
de défi, d'exhibition exagérée, d'ostentation,
d'immodestie qui s'accorde mal avec une recherche de moralisation douce et persuasive.

L'Affiche est tout en dehors, elle fait le gros
boniment, mais ne croyez pas qu'elle puisse
endoctriner. — Passons maintenant à l'étranger
où l'affiche est assez joyeuse, bien que — cela
saute aux yeux — sans aucunes visées morales.

LES AFFICHES ÉTRANGÈRES

En Europe et dans l'Amérique du Nord.

Rien n'est amusant, pour quiconque a promené esthétiquement sa flânerie avec quelque clairvoyance dans les principales villes du monde, comme de lire les causeries en « simili dilettantisme » de nos chroniqueurs boulevardiers. — D'après ces illustres plumes, vaillamment arrachées aux ailes des sauveurs du Capitole, en

Affiche anglaise de A. R. GIFFARD pour *Women's edition courrier.*

dehors de Paris — Ville lumière ! — il n'est partout ailleurs qu'ombre ou pénombre, et notre goût, nos mœurs, nos sensations doivent nécessairement être les suprêmes modèles, les parfaits parangons que sont condamnés à connaître et à suivre extasiés, tous les dociles et béats habitants sans exception des voisines ou lointaines contrées qui nous contemplent.

AFFICHE PEINTE PAR SIR JOHN MILLAIS (R. A.)
l'une des plus répandues actuellement en Angleterre.

Cette manie de nous estimer comme uniques entraîneurs et véritables archétypes de l'art de vivre est certes démesurément vani-

teuse.et les nouvelles générations, décidément
moins .aveugles et .mieux renseignées sur
les progrès et l'intérêt qui se .rencontrent à
l'étranger, nous laissent espérer que le Boule-
vardier, ce pitoyable
provincial de Pa-
ris, berné et borné,
nourri des préju-
gés les plus niais
et enveloppé par
les horizons les
moins variés, aura
bientôt définitive-
ment accompli son rôle
d'outrancière satisfac-
tion ici-bas.

Placard de CHARLES MERTENS
pour *De vlaamsche school*
(Anvers).

Il serait grand temps
de se rendre compte enfin que nous ne sommes
plus les seuls artistes qui existent au monde,
que la médiocratie bourgeoise qui nous conduit émousse peu à peu dans la masse la sensation de ce goût, naguère coquet, dont nous
sommes d'autant plus fiers que socialement il
n'existe plus.

Nos architectes sont de mornes tradition-
naires, incapables d'un effort hors des chemins
stérilement battus; nos industriels d'art, pour
la plupart, hypnotisés par le passé, s'effon-
drent dans le néant des vieux styles recopiés,

nos décorateurs sont distancés de deux ou
trois générations par les stupéfiants innova-
teurs et rénovateurs d'outre-Manche, et si
Paris reste encore
debout comme
un incomparable
foyer de concep-
tions intellectuel-
les, c'est qu'il
offre toujours à
l'art son plus fa-
vorable terrain
central de pro-
duction et d'ex-
position.

Il serait témé-
raire cependant
d'oublier que par-
mi les aliments
qui constituent

La *Femme en blanc*
de Fred walker (1871).

l'éclat de ce foyer d'artistes, on retrouve d'innombrables forces étrangères composées de
Suédois, Danois, Anglais, Américains, Russes,
Belges, Hollandais, Suisses, Austro-Hongrois
et autres; — une impartiale étude statistique
sur ce sujet ne manquerait point de fixer les
incrédules.

Nous avons été et nous sommes peut-être
encore, bien qu'à un moindre degré, de très

subtils éducateurs d'art; l'heure approche où nos disciples vont pouvoir se passer de notre enseignement, et déjà aux États-Unis, en Angleterre, en Belgique on constate d'ardentes

LE LABOUR : SÉRIE DE HEYWOOD SUMNER
pour la *Fitzroy picture Society*.

et curieuses initiatives, personnelles ou collectives, qui sont à la veille de donner, croyons-nous, de surprenants résultats.

Parmi les maîtrises du goût français, qui nous sont encore conservées, il convient de placer aux premiers rangs ces lumineuses Affiches lithographiées, dont depuis environ vingt-cinq ans, les Jules Chéret, les Choubrac, les Grasset, les Boutet de Monvel, les Willette,

les Forain, les Meunier, les de Feure, les Toulouse-Lautrec — et tant d'autres dont les noms nous échappent au passage et dont nous venons de parler plus haut, ont illustré somptueusement nos murailles avec une surprenante variété de manière et de talent et un esprit de facture

Saint Georges
publié par la *Fitzroy picture Society*.

qui chaque jour se développe encore et s'affine davantage.

Ces nouveaux artistes ont, en élargissant la manière des anciens, succédé aux Gavarni, aux Nanteuil, aux Raffet, aux Deveria, aux Gustave Doré qui nous ont laissé tant de placards lithographiques monochromes d'une rare habileté. Mais si, comme nous l'avons d'autre part démontré, l'Affiche fit mine d'ap-

paraître en France un peu avant 1830, on
peut affirmer que l'art spécial de l'affiche polychrome, — art d'harmonie spéciale obtenue
par la hardiesse des lignes et les contrastes de
la couleur, — ne fut guère intronisé chez
nous avant ce dernier quart du xixᵉ siècle et

L'HIVER, PAR HEYWOOD SUMNER.

que le grand initiateur et vulgarisateur de
cette nouvelle décoration murale n'est autre,
nous l'avons dit, que Jules Chéret.

A la suite de ce surprenant lithographe qui
a donné aux grains de la pierre des soudains
frissons de vie et qui a fait jaillir de la super-
position des tons francs de véritables pyro-
technies chromatiques, sont venus de jeunes
peintres très affinés, curieux de produire des
sensations nouvelles par la recherche d'effets
très simples et d'une synthèse primitive. Au-

jourd'hui l'élan est si bien donné, l'Affiche est
si profondément entrée dans le domaine de
l'art qu'il n'est plus personne parmi les jeunes
maîtres qui la dédaigne ; chacun veut avoir
dessiné son affiche, enluminé éphémèrement

AFFICHE ANGLAISE DE SIDNEY HAWARD.

son petit coin de rue, c'est une gloire et une
consécration.

L'*Affichomanie* a donc déjà ses historiographes et aura donc bientôt ses nombreux
iconographes et ses guides indispensables. —
On peut déjà prévoir que ces fonctions devien-
dront difficiles et onéreuses, car la France
n'est plus seule à posséder des maîtres en l'art

des chromolithos souveraines par l'éclat décoratif et la facture impétueuse; les Anglais,
puis les Américains, les Bel-
ges, les Allemands se sont
manifestés avec abondance
et déjà nous nous familia-
risons avec un art nouveau
qui nous vient d'outre-
Manche ou d'outre-Océan,
art d'une recherche de décoration rare et exquise ou
d'une simplesse de moyens
qui nous déconcerte par
l'intensité de l'effet obtenu.

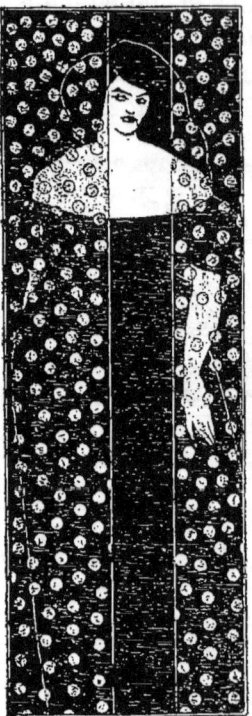

Affiche de Aubrey Beard-
sley, pour l'*Avenue
Theatre.*

Il faut bien que les ama-
teurs se décident à admettre
ces étrangers dans leur collection. Pour pnu qu'ils
aient du goût, une sûreté
de diagnostique person-
nelle, ils s'y voient la main
forcée, et demain, croyons-
nous, tout bon *affichomane*
devra cosmopoliser ses con-
naissances et rechercher, avec non moins d'ardeur que nos belles réclames illustrées, celles
qui seront signées par Dudley Hardy, Aubrey
Beardsley, Wilson Steer, Herkomer, Walter
Crane, R. Anning Bell, Maurice Greiffenhagen,

LouisJ. Rhead, Will Carqueville, Will H. Bradley, les frères Beggarstaff, Sattler, George
Warton Edward, Penfield, Hazenplug, de
Yongh, J. Gould, Alice R.
Glenny, Miss Ethel
Rhead, Gailliard, Evene-
poel, Quarenghi, Mon-
talti, Pagliaghi, Mataria,
Salvi, Esteban, aussi bien
que les A. Crespin, les
Rassenfosse, les Berch-
mans, les Duyck, les
Léon Dardenne, les Cas-
siers, les Combaz, les
Toussaint, les Henri Meu-
nier, les Donnay, et tant
d'autres artistes de l'Affiche, sincères lithophi-
les d'Angleterre, des
États-Unis, de l'Allema-
gne, de l'Italie, du Por-
tugal ou de Belgique.

Dessin d'une affiche anglaise
par CHARLES FOULKE.

Le nombre des pein-
tres d'affiches augmente
chaque jour à l'étranger et l'originalité, il faut
bien le reconnaître, s'y livre sur cette piste
amusante à un extraordinaire record. —
Chaque mois apparaît un nouvel artiste qui
s'impose par sa maîtrise. — Il ne nous est

plus possible de nous désintéresser de ce mouvement, et c'est pourquoi il nous plaît en ces
pages hâtives de donner quelques sommaires indications sur l'art de l'affiche à l'étranger et plus particulièrement en Angleterre, en Amérique et en Belgique où cet art dès lors prédomine.

Dessin de Dudley Hardy
pour son affiche : « *To day* ».

❧

Depuis longtemps les Magazines et Revues d'art de New-York ou de Londres, le *Century*, le *Harper's*, le *Scribner's*, le *Studio*, le *Magazine of Art*, *the Echo* et bien d'autres périodiques illustrés consacrent de longues pages à ce qu'ils nomment *posters and poster-*

designing, c'est-à-dire aux affiches et au dessin
d'affiche, tant chez eux qu'au dehors. Des brochures, des livres entiers ont même été imprimés sur ce goût de l'af-
fiche qui semble s'éten-
dre à cette heure sur
tout l'univers civilisé.

Le sujet a donc été
surabondamment trai-
té, mais il reste tou-
jours à refaire, car rien
ne semble plus éphé-
mère, plus instantané,
plus renouvelable que
l'affiche qui ne s'atta-
que guère qu'à la mode
du jour, à l'actualité, à
la réclame des indus-

Affiche de Aubrey Beardsley.

tries, spéculant sur de hâtives fortunes hardiment soustraites à la crédulité et à la ba-
dauderie populaire.

Toutefois, constatons avec plaisir que l'affiche se relève depuis peu jusqu'à la littérature,
jusqu'au voyage, jusqu'à l'œuvre dramatique,
et, par là, elle nous intéresse peut-être encore
davantage ; elle pénètre partout aujourd'hui et
il n'est point aisé de fixer ses transformations.
Notre prétention dans ce court résumé ne
visera donc qu'à donner comme une super-

ficielle sensation du rôle et de l'art de l'affiche
chez des nations plus ou moins affolées par la
hâte de vivre, à travers les divers intérêts des
affaires, des plaisirs et des sports.

Notre texte aura le mérite d'être illustré
de nombreuses reproductions plus démons-
tratives que toutes descriptions.

Venons tout d'abord à l'Angleterre, qui
peut-être profita la première de nos leçons,
si elle ne nous les donna point, car Jules
Chéret passa la première partie de sa vie d'artiste à Londres et on ne saurait affirmer qu'il
n'y ait point puisé ces intenses qualités de
coloriste vigoureux qui ne craint point le
scandale des tons effrontément mariés, au
mépris des conventions des gammes mou-
rantes qu'affectionnent les anémiques du
rayon visuel.

La première affiche vraiment artistique
signalée sur les rives de la Tamise, fut, d'après
les critiques d'outre-Manche, celle de Fred
Walker gravée largement sur bois en 1871,
pour annoncer le Roman de Wilkie Collins,
La Femme en blanc (The woman in white).
— Une femme vue de dos, couverte d'un long
châle et dont on ne voit le visage que de
profil, un doigt posé sur ses lèvres, ouvre une
lourde porte qui laisse voir un ciel étoilé. Le
dessin en est large et la gravure sur bois est

d'un trait superbe. On ignorait encore alors les ressources du procédé sur zinc, et le bois, d'ailleurs supérieure- ment exécuté, était toujours très en faveur dans les publications illustrées. La *Dame en blanc* de Walker devint le modèle des dessina- teurs d'affiches et fut en quelque sorte le point de départ de cette admirable série de grands placards en « noir et blanc » qui devinrent prompte- ment si populaires chez nos voisins.

Quand le *Magazine of Art* fut fondé, le professeur Herkomer, de la Royale Acadé- mie, fut appelé à la composition de l'affi- che de cette belle re- vue. Ce qu'il exécuta

Affiche de MacDonald pour l'Institut des Beaux-Arts de Glascow.

— toujours en noir et blanc et en gravure sur bois — ne saurait certes nous emballer; c'est une sorte de grande frise conventionnelle, traitée à la manière dès plafonds symboliques sur ce thème banal « *l'art distribuant ses faveurs aux peintres, sculpteurs et graveurs* » avec

Dessin de AUBREY BEARDSLEY pour le *Yellow Book.*

une ordonnance dans cet esprit de Renaissance italienne qui fut si cher aux diverses écoles anglaises contemporaines.

Le même H. Herkomer fit encore par la suite l'affiche du *Black and White*, magazine illustré. Elle nous montre une femme lourdement envoilée et d'une déplorable anatomie, les pieds appuyés sur le globe terrestre et élevant au-dessus de sa tête, sur fond noir, un livre oblong sur lequel apparaît en lettres contrastées le titre de la Revue « *noir et blanc* ».

Plus suggestives et combien plus originales et artistiques sont les affiches de ce grand décorateur qui a nom Walter Crane. Nous connaissons de lui cinq ou six chefs-d'œuvre, dont deux ou trois remontent à une vingtaine d'années. Tout d'abord la symphonie en bleu et jaune pour la *Promenade concert de Covent-Garden* qui

est devenue introuvable. — Cette affiche représente Orphée charmant les animaux aux
sons de sa harpe. — Une autre plus récente
est celle du *Great Paris
Hippodrome*, à *l'Olympia*.
— On croirait au premier
abord y découvrir la si-
gnature d'Alma Tadema,
car l'illustration, très
néo-romaine, nous pré-
sente sur les deux faces
d'un disque, et comme
modelées en relief par
un médailliste distingué,
une scène d'arène, cour-
ses de chars d'une part
et public de l'autre ;
cohues de femmes en
délire sur les degrés
du cirque, le tout d'un
dessin serré, fin, dé-
licat, relevé par une

Affiche de CHARLES FOULKE
(Angleterre).

sobre décoration de délicieux ornements.

Plus récemment, en 1891, Walter Crane
signa encore l'affiche de sa propre exposition à la *Fine Art Goupil's Gallery*, puis
le dessin coloré pour le *Champagne de Haü
and Cº*. On lui doit également des affiches
pour le *English illustrated Magazine*, pour

les *Arts and Crafts* et pour diverses sociétés
d'assurances écossaises. Presque toutes sont
des œuvres hors ligne, dont les collectionneurs
auront la plus grande peine à s'assurer, à prix
d'or, la possession.

L'un des plus intéressants disciples de
Crane, le professeur R.
Anning Bell, nous a
donné pour la *Galerie
d'art de Liverpool* une
grande affiche noir et
blanc d'un caractère
essentiellement Rosse-
tiste.

Avant d'aborder l'af-
fiche anglaise poly-
chrome, symboliste et
ultra-moderne nous ne
pouvons manquer de

Affiche de W. H. Bradley.   signaler des placards
célèbres et presque déjà classiques dans leur
genre. Telles sont les affiches du *Pears Soap*,
avec le suave enfant à la pipe de Sir John
Millais, le *Life buoy Soap*, — un chien et une
petite fille endormie dans ce vieux style anglais qui fit le triomphe de sir Landseer ; le
Sun light soap dessiné par John Whit d'après
la peinture de Leslie, le *Scottish gathering*,
très belle pièce murale superbement dessi-

AFFICHE DE FRANK HAZENPLUG. — CHICAGO, 1896.

née par Lochkart-Bogle avec une ampleur
de conception et une sûreté de main éton-

nantes, *the Hampden* par Skinner, *Mariana* par J. J. Shannon, le maître portraitiste des *beauties* contemporaines, *A Dress Rehearsal* par

Affiche de W. H. Bradley.

Chevalier Tayler et tant d'autres dont la simple nomenclature nous entraînerait trop loin.

Ces affiches connues, classées chez nos voisins et fort recherchées obtiennent déjà des prix élevés dans les ventes, celles dont nous allons parler et qui se trouvent encore aisément sont aujourd'hui plus répandues, mais combien grande sera sans doute leur valeur de demain !

❧

Après les peintres qui, disons par hasard, dessinèrent des réclames illustrées, l'Angleterre eut ses *Professionnels de l'Affiche* et ceux-ci sont de tout nouveaux venus ; ils sont jeunes, ils ont créé une manière inédite d'après un idéal très net, très subtil, très synthétique, et tout à fait dégagé des formules antérieures. Ils ont adapté la couleur par à-plats à leur

dessin tout en silhouette, et déjà cette dernière école triomphe avec raison, car elle a
pour elle toute la fraîcheur, toute la hardiesse,
tout l'imprévu de la jeunesse qui seule est
assez audacieuse pour
secouer ou déformer
les influences des édu-
cations acquises.

Parmi ces maîtres
à leurs débuts, met-
tons hors de pair
Dudley Hardy, Au-
brey Beardsley, Mau-
rice Greiffenhagen,
Weirdsly - Daubery ,
Raven Hill, Wilson
Steer, et ces surpre-

Affiche de W. H. BRADLEY.

nants frères Beggarstaff qui sont, en deux per-
sonnes, égaux à notre Toulouse-Lautrec.

Le plus connu parmi nous est Dudley
Hardy dont les fulgurantes affiches sur fond
blanc *To Day*, — *A Gaiety Girl*, — *St-Paul's*,
— *The Chieftain* au *Savoy Theatre*, — *Pick-
me-up*, etc., sont d'une gaieté, d'une prestesse
et d'une élégance de facture ainsi que d'une
habileté de dessin qui nous charment et nous
déroutent.

Certes, on pourrait dire que Dudley Hardy
est un imitateur de Van Beers. Il a de ce

peintre belge la grâce un peu
excessive et minaudière, l'esprit d'expression, et le chic
inhérent aux œuvres du
« Meissonier des salons »,
mais il échappe aux léchages
de palette, aux trucs minia-
turistes de son pseudo-maî-
tre. Son dessin procède par
traits fins, sûrs et vigoureux
qui indiquent un tempéra-
ment plein d'initiative au
service d'un esprit très documenté. — Quant à l'emploi
de la couleur, presque rien :
des à-plats de rouge, de jaune,
de gris tout au plus, puis le
blanc du papier habilement
ménagé et qui chante aussi
fort dans l'harmonie générale
de l'affiche que les tons les
plus truculents appliqués
dans toute leur naturelle
violence.

Les affiches de Dudley
Hardy, à notre avis, n'abdi-
quent devant aucune de nos
affiches, même devant les Chéret les plus caractéristiques.

Aubrey Beardsley, un peu plus déformateur,
mais toutefois très synthétique, très sobre,
très distingué de dessin, est fort apprécié dans
la nouvelle école anglaise, aujourd'hui si
puissante et si originale. Il a illustré avec infiniment de goût la *Mort d'Arthur* et quelques-
uns des poèmes d'Os-
car Wilde et ses affi-
ches pour la *Librairie
de Fischer Unwin*, pour
l'*Avenue Theatre*; —
pour *John Lane's Pub-
lications*, sont amu-
santes comme des
Boutet de Monvel pa-
rodiés par quelque An-
namite dilettante et

Louis J. Rhead. — *Affiche pour son Exposition*

suprêmement esthète. Nous avons connu, il y
a trois années, à Londres, M. Aubrey Beardsley,
qui est encore tout jeune, fort modeste, d'une
santé délicate, et qui semble très préoccupé
de développer sa manière personnelle dans
diverses voies artistiques. Aubrey Beardsley
est un évadé d'une administration de chemins
de fer anglais; il a souffert et lutté pour son
indépendance. On peut attendre beaucoup de
son talent qu'il saura noblement développer. Il
a déjà beaucoup produit et sa *Revue: Savoye*, est
non moins suivie que naguère son *Yellow Book*.

Maurice Greiffenhagen n'a fait, à notre
connaissance, qu'une affiche capitale, mais
combien prestigieuse, celle du *Pall Mall Budget*,
qui apparut dans les rues de Londres en 1894,
surprenant les passants par ses larges à-plats
ponceau et ses rehauts noirs ; on eût dit
d'une immense gravure sur bois naïvement
faite au couteau et cette expression primitive
et barbare ne faisait qu'ajouter à la sensation
d'art qui émanait de cette large pancarte.

Après avoir mentionné *Wilson Steer* et sa
The Goupil Gallery, Raven Hill avec son *Pick-
me-up*, Weirdsley Daubery et son *Pygmalion
and Galatea* au *New Theatre Oxford*, saluons
les frères J. et W. Beggarstaff, autrement dit
MM. J. Pryde et W. N. P. Nicholson, frater-
nisés en collaboration artistique et sur lesquels Arthur Fish a publié en 1895, dans le
Studio, de Londres, une petite étude pleine
d'enseignement et d'intérêt.

Les frères Beggarstaff ont travaillé jusqu'ici
pour Irving et Ellen Terry et ont confectionné
pour le *Lyceum* les affiches de *Hamlet*, de
Thomas Becket, ici reproduite, et de *Don Qui-
xote*. D'autre part nous avons vu leur *Girl
Reading* et de nombreuses compositions qu'ils
ont pris soin d'exposer récemment en une
spéciale exhibition à l'*Aquarium* qui attira
l'attention de tous les critiques anglais.

Les frères Beggarstaff semblent, à l'exemple des modernes dessinateurs des *hoarding papers*, comme disent nos voisins, mettre tous leurs soins à tirer le plus d'effet possible du moindre nombre de couleurs imaginable.

Affiche de L. J. Rhead.

Avec le noir, le rouge et la réserve des blancs du papier, ils obtiennent une gamme étourdissante et accrochent les regards du flâneur mieux qu'avec la palette la plus complexe ; leur dessin est assez savant sous l'apparence un peu fruste que réclame l'esprit de la silhouette ; on sent qu'ils possèdent un art très robuste, et, comme ils sont encore fort jeunes, on peut espérer beaucoup de leur effort à venir.

Dans le style du préraphaélisme et des réno-

vateurs anglais nous voyons apparaître
M. L. Solon en son affiche Aristophanesque
qui invoque également la pensée de Alma-
Tadéma. Mais ce que nous ne pouvons passer
sous silence — bien que, à proprement parler,
ce soient plutôt des tableaux d'intérieur pour
écoles que des affiches pour les murailles
extérieures, ce sont les séries de placards artistiques publiés par la *Fitzroy picture Society*,
en photo-chromo-litho et dont quelques chefs-
d'œuvre, tels les *Quatre saisons*, sont dus au
grand talent de M. Heywood Sumner qui signa
également des grandes scènes bibliques d'une
rare élévation de conception.

Ce sont là des affiches de premier ordre et
qui vaudraient une étude à part. — Nous con-
seillons aux amateurs de se les procurer dans
un but décoratif, elles sont d'un prix relativement restreint et valent les honneurs de
l'encadrement et de la disposition en frise
autour d'une pièce où l'on aime à rêver, à
travailler, à vivre. — Sidney Haward dans une
note décorative très large exécuta une belle
affiche pour *An artistic Home*, sa propre maison
de décoration à Darlington.

Nous passons ici une sorte d'électric-revue
de l'affiche d'art en Angleterre, négligeant la
masse des tapisseries de murailles et de palis-
sades qui encombrent Londres. Un livre sur

les affiches commerciales, industrielles, théâtrales, littéraires et artistiques de la Grande-
Bretagne serait exces-
sivement amusant à
entreprendre et à réa-
liser. C'est par mil-
liers que les affiches
éclosent chaque an-
née à Londres et, à
défaut de talent, le
plus grand nombre
révèle une rare ingé-
niosité, même dans
le mauvais goût.

Affiche non signée (Amérique).

La réclame n'a plus
de bornes dans le
Royaume-Uni et il
faudrait quelque peu
ébaucher l'histoire de l'abracadabrante réclame contemporaine en Grande-Bretagne
pour aborder efficacement l'iconographie considérable des *Illustrated posters* que M. Charles
Hiatt n'a fait qu'ébaucher dans *Picture Posters*
publié chez George Bell en 1895.

En Amérique c'est bien pire encore : l'Affiche
et la réclame semblent à l'étroit sur les murailles des villes ; elles débordent dans la cam-

pagne, se répandent sur les rochers du Colo-
rado, dans les prairies du Far West, sur le
toit des maisons des districts de New-Jersey ;
on a trouvé moyen de les projeter sur les
nuages du ciel, de les imprimer sur le
bitume des chaussées, de les éclairer sur des
transparents aériens, de les placarder sur le
parcours des railways, d'en oblitérer même
certaines pièces de monnaie. — C'est de la
démence.

Les affiches illustrées en sont arrivées à
dépasser tous les formats connus : il en est
qui sont faites de six à huit morceaux de
papier grand aigle et qui occupent jusqu'à
dix mètres snperficiels de muraille. Barnum
et Buffalo ont fait exécuter des *hoarding papers* plus vastes que des tentes arabes et nous
avons encore tous présents à la mémoire les
placards coloriés qui annonçaient le passage
dans nos villes natales des grands cirques
américains en tournée naguère à travers la
France.

Nous croyons donc qu'il faudrait renoncer
à synthétiser l'histoire de l'affiche aux États-
Unis et même à en exprimer la variété d'aspect
et les différentes formules de facture. L'affiche
d'hier est déjà dépassée par celle d'aujour-
d'hui, les imprimeries ne chôment jamais, car
ce n'est pas une seule affiche d'*Armour's Extract*

of beef, d'*Hovi's Bread and Biscuit*, de *Castoria*,
de *Scott's emulsion*, de *Buttermilk toilet soap*,
de *Rose's cordial* ou de *Cleveland's Baking pow-*
der que vous aperce-
vez sur les murs de
New-York, de Phila-
delphie, de Chicago,
de Boston, et d'ail-
leurs ; ce sont vingt,
trente affiches diffé-
rentes d'aspect et de
dessin qui annoncent
un même produit et
qui expriment l'art
protée de la ré-
clame.

Affiche américaine, non signée.

Un théâtre, qui
tient un *Successfull*
play, fera reproduire par une polychromie
criarde deux ou trois scènes capitales du drame
sensationnel ou de la comédie en cours ; une
divette en renom s'exposera, ou plutôt s'affi-
chera, de face et de profil, en divers costumes ;
une même Compagnie de chemins de fer pla-
cardera vingt des plus beaux sites de son ré-
seau, sous le même titre de sa raison sociale,
tant et si bien qu'il serait téméraire de prétendre se reconnaître dans ces incroyables
instantanés du puffisme américain. Le *boom*

commercial n'étant pas encore entré dans nos
mœurs paisibles, nous ne saurions faire comprendre ce délire de l'affiche aux États-Unis.

Nous tâcherons donc de nous abriter au
pays de l'art et des lettres et de nommer
quelques-uns des jeunes travailleurs qui
paraissent devoir se faire une prompte et remarquable réputation dans la science et l'art
de l'affiche.

Le plus imprévu et peut-être le plus fort de
tous les jeunes affichistes d'Amérique, bien
que l'un des derniers venus, est à notre avis
William Henry Bradley, qui vient de faire
pour *The Chap Book* (la petite revue semi-
mensuelle, publiée à Chicago) une série de
sept à huit affiches d'intérieur qui n'ont pas
d'équivalent, à l'heure présente, comme originalité, esprit de composition et variété d'exécution et de procédé. Toutes sont en couleur,
sauf une en noir et blanc, mais aucune, comme
par une gageure, n'a plus de trois tons.

Celle-ci, en bleu majeur avec un rouge qui
ne se concentre et n'éclate que sur le titre
pour n'allumer d'autre part que quelques
vagues lueurs sur les traits grêles du dessin,
celle-là, verte et rose, sans à-plats, en trait
brisés, papillotants, divisant la lumière
d'étrange façon; telle autre, *Femme et Faune*
en noir et vert sur fond rouge dans un style

étrange presque néo-égyptien; une autre
encore, *la Bacchante à la flûte*, en fresque pom-
péienne, traitée comme par un préraphaélite;
toutes exquises et ré-
jouissantes à voir.

Nous en reproduisons
quelques-unes en ces
pages.

Qui nous dira d'où
vient ce Bradley éton-
nant, ce qu'il a fait, ce
à quoi il aspire? — Il ha-
bite *Chicago*. Des amis
d'outre-Océan nous le

Affiche belge de A. CRESPIN.

désignent comme âgé de vingt-trois ans; c'est,
en tout cas, un rare artiste et fort troublant !
— Dans une affiche *black and white*, il nous
présente assis parmi une floraison d'herbes
folles, emmy une claire forêt, un couple ado-
rable, un trouvère et sa mie énamourée, l'un
tout de noir silhouetté, l'autre de blanc bai-
gnée, qui nous donnent la sensation des plus
belles xylographies du xvᵉ siècle.

Les dernières affiches de William H. Bradley
indiquent chez cet artiste un parti pris de
constante rénovation et une volonté de ne pas
se ressembler à soi-même. — L'affiche BRADLEY
HIS BOOK (for June) avec sa femme hiératique
à manteau royal, à robe décorée d'étranges

floraisons persanes, est prestigieuse, incomparable à toutes celles qui ont précédé et d'un joli format de minuscule kakemono — L'affiche *Bradley His book* (for July) est de trois tons, vert, or et noir sur fond gris, on dirait d'un maître japonais transplanté en Hollande. C'est par le caractère que ces affiches attirent l'attention, un caractère extraordinaire qui est successivement comme la transcription de tous les styles connus interprétés par un génie d'une prodigieuse assimilation et d'un individualisme déconcertant.

Les livres de Bradley, *Bradley his book*, sont les numéros d'une sorte de périodique qui paraît à Chicago sous la direction du jeune maître, comme à Londres le *Yellow Book* et le *Savoye* de Aubrey Beardsley ; — chaque livraison est annoncée par son affiche — William H. Bradley n'a pas renoncé toutefois à l'annonce commerciale, il a fait pour les *Victor Cycles* et autres annonces de cyclisme des placards étourdissants et l'une de ses affiches les plus vastes, les plus comiques et les plus imposantes est celle qu'il a dédiée à la *Hood's Sarsaparilla*, imprimée aux environs de Chicago et qui, pour la première fois, porte en manchette cet avis au collectionneur d'affiches — *a few copies of this poster for collectors* — *at one Dollar each*. Franchement ce n'est pas trop cher.

Edward Penfield, qui annonce chaque mois, depuis peu, les livraisons mensuelles du *Harper's Magazine* en de petits placards d'une délicieuse fantaisie de dessin, égayée de couleurs claires, ingénieusement disposées nous paraît également appelé à faire parler de lui ; celui-ci n'est pas un archaïque, c'est un observateur épris de la vie moderne et qui excelle à en repro-

Dessin de concours pour le *Century*.

duire les types d'un trait juste et affirmatif.

Will Carqueville, qui travaille pour le *Lippincott's* de Philadelphie est de même un artiste très personnel dont l'œuvre est déjà considérable ; signalons encore Woodbury qui tire de la lithographie de véritables feux d'artifice de couleurs, et George Wharton Edwards qui a frontispicé des annonces du *Century Magazine* avec un art de coloriste quattrocentiste non moins préoccupé du symbole de la forme que de celui des tons.

Un autre artiste, Frank Hazenplug, de Chicago, qui ne fait qu'apparaître avec une affiche, *The Emerson and Fisher Company*, montrant un carrosse bleu sur fond bleu avec une femme rouge montée à l'arrière, et qui a également fait pour le *Chap Book* un petit placard, « femme clownesse et pierrots », que nous reproduisons ici, nous semble suivre d'assez près Bradley dans le record de l'affiche d'art.

Nous signalerons aussi Arthur W. Dow, — serait-il Hollandais ? — qui nous a donné pour le *Modern Art* un passage impressionniste, jaune, vert, orange, d'une très heureuse combinaison ; nous le reproduisons en noir. Il nous faut également parler des *Competitions*, ou concours établis pour des affiches mensuelles par le *Century* et qui ont déjà donné d'heureux résultats qui prouveraient que l'art de l'affiche en Amérique nous réserve encore bien des étonnements et des admirations.

Louis J. Rhead, que nous avons connu en 1893, pensons-nous, au *Player's Club* de New-York, est également un jeune et le mieux doué sans doute qui soit parmi ceux de sa génération. — C'est un décorateur de l'école de Walter Crane, qui s'applique à moderniser les impressions et les procédés d'art du xve siècle en leur donnant je ne sais quelle allure japonaise dans les perspectives et quelles ornementations persanes et arabes qui sont d'un haut ragoût et malgré tout d'une sincère conviction et d'une absolue individualité.

L. J. Rhead a dernièrement fait dans Broadway, à New-York, à la Wunderlich Gallery, une exposition de ses affiches qui a eu grand succès. Ses principales affiches sont toutes commerciales. *Cocoa, Chocolates, Extracts of Beef, Sarsaparilla and patent medecine, Perfumery, Children's food, Polishing metals, Magazines, Holidays Books, Prung's Easter publications*, etc. Malgré l'obligation de *boomer* pour donner de l'éclat et du bruit aux couleurs de ces réclames hurlantes, L. J. Rhead a su rester dans chacune d'elles très artiste, très supérieur à ses sujets, on croirait parfois avoir affaire à quelque *Fra Angelico* au service de l'Oncle Sam.

Affiche de WILL. CARQUEVILLE.

Si d'Amérique nous revenons en Europe,
nous sommes effarés par la diversité des placards illustrés que nous voyons en un nombre
considérable hors de France et d'Angleterre ;
affiches criardes et tapageuses, triomphe des
indigos et des rouges solférino en Italie, affiches
dans des tonalités d'omelettes aux oranges en
Espagne et presque toutes consacrées à l'éternelle *Corrida* nationale que c'en est écœurant,
affiches roides et guindées en Suisse, molles,
rondouillardes et veules en Autriche ; étranges
et parfois intéressantes (telles celles de Sattler)
en Allemagne, très quelconques en Hollande,
mais artistiques et des plus curieuses en Belgique.

Cette inspection de milliers de kilomètres
de murailles, tapissées avec plus ou moins de
goût et d'art, ne saurait intéresser le lecteur,
d'autant plus que nous ne sommes que fort
médiocrement préparés à cette lourde besogne qui nécessiterait des in-folios. En Italie,
nous signalons au passage les *affissi* de Quarenghi, de Montalti et plus particulièrement
Luna e Laguna, de Dalbono, de Mataria, auteur d'un placard, *la Vita militare*, et de
Pagliaghi dont l'annonce *Storia d'Italia* n'est
pas dépourvue de mérite.

Nommons également Cavalloti, Ximenès, Edel Amato. L'une des affiches les plus curieuses est le *Ventre de Paris* par Cavalloti.

AFFICHE POLYCHROME DE ARTHUR W. DOW.

En Espagne, le lithographe Portabella de Saragosse emploie pour ses carteli polychromes des dessinateurs parfois talentueux bien

qu'un peu vieux jeu; leurs noms? — Reyes,
Salvi, Yanguas, Esteban, Boceto dit Marce-
lino de Unceta : c'est tout.

En Portugal, à Lis-
bonne, un seul artiste
nous est signalé : Au-
gusto Pina; en Suisse,
en Autriche, en Ba-
vière, en Prusse, en
Russie, ils sont trop et
notre insuffisance à
les connaître nous les
fera malicieusement
dédaigner.

Sans plus tarder,
traversons donc la
bonne frontière belge,
et chez nos frères et voisins, constatons sans
dépit un prodigieux mouvement vers l'affiche
d'art industriel.

Dessin d'un concours
pour l'affiche du *Century*.

Voici d'abord, imprimées à Liège, les jolies affiches de A. Rassenfosse, le meilleur
élève de Rops et, comme son maître, un
évocateur des Diableries féminines. L'une des
meilleures compositions de Rassenfosse est la
Buveuse de bière. Le *Victoria vinegar* qu'il a signé
est un peu trop style maniéré de Van Beer.

Léon Dardenne a publié de délicieuses polychromies murales d'un goût parfois très flamand et parmi lesquelles la lumière se joue avec gaieté. *Le Petit Bleu* est populaire à Bruxelles, mais ses chefs-d'œuvre sont l'*Imprimerie Buslens, le Pôle-Nord, la Chute d'un ange, le Concert de charité.*

De Gouverloos, on connaît une *Exposition d'Anvers* très large de facture, d'un superbe mouvement et d'une exécution magistrale ; Cassiers a li-

Dessin d'un concours pour une affiche du *Century.*

thographié pour la Compagnie de navigation Ostende-Douvres deux ou trois affiches avec de coquets effets de mer, mais le procédé lithographique en est bien vieillot et vraiment trop vernissé. E. Fabry est l'auteur de *Pour l'art* qui se trouve dans son style vitrail tiré en vieux rouge sur fond blanc, et qui n'est pas sans quelque caractère. Berchmans a composé l'affiche de l'Exposition d'architecture de Liège avec une simplicité exquise de couleur. Le jaune bleu de son thème d'affiche est ravissant.

Duyck et Crespin semblent être les grands pourvoyeurs des lithographies collées de la réclame belge, ils montrent beaucoup de qualités sans jamais sortir du médiocre; combien d'affiches n'ont-ils pas signées! nous renonçons à les transcrire. — Le *Vélodrome d'Ostende*, la *Ferme de Spa*, le *Vélodrome d'hiver*, le *Cortège des fleurs* et *Paris-Bruxelles* forment le dessus du panier de leur bagage.

Il faut également mentionner la *Ville de Spa* de Gaillard et l'*Exposition d'Anvers* si amusante et si vraiment belge de H. Evenepoel, et aussi *Isita* du jeune Georges de Feure, l'une des dernières affiches collées à Bruxelles.

N'oublions pas davantage Henri Meunier, le neveu du grand sculpteur, qui a signé la belle affiche si expressive : *Concert Ysaïe* et celle de *Blanckenberghe*. M. Toussaint, l'auteur du *Sillon*, mérite un éloge au passage.

Il y avait récemment à Bruxelles une *Exposition des Arts de la Rue* où toutes ces affiches et bien d'autres se trouvaient exposées. Nous regrettons de ne pas nous y être attardé pour nous documenter plus complètement.

En résumé on peut croire que l'ère de l'affiche d'art commence à peine, si l'on en juge par les curieux symptômes qui nous viennent de tous les points du globe. Les jeunes artistes, reconnaissons-le, tiennent partout la corde,

il faut la leur abandonner et leur laisser scru-
puleusement le soin de guider le mouvement
en avant. Tout nous fait présumer qu'ils iront
bien au delà de leurs maîtres par l'élévation
du goût, la délicatesse du procédé et le langage
des lignes et de la palette. Les affiches illustrées nous semblent devoir être les bannières
esthétiques des nouvelles écoles, qui s'appro-
chent lumineusement douées pour la rénovation de notre goût et de nos sensations. Sur
nos vieilles murailles, affichons : Place aux
jeunes apôtres de l'art nouveau, aux aèdes de
l'éphémère Décoration !

LA RENAISSANCE DE LA RELIURE.

La Décoration extérieure des Livres.

LA RENAISSANCE DE LA RELIURE.

La Décoration extérieure des Livres.

E curieux et inquisiteur Bibliophile qui, depuis un instant déjà, avec la mine, de se payer ma tête, m'interviewait d'une allure pressée sur toutes les choses du livre de luxe, sembla chercher sur quelle nouvelle question il allait de nouveau lancer le fer recourbé en harpon de son point d'interrogation. Il parut se concentrer un moment, sembla réfléchir, ramasser ses idées, puis brusquement sa curiosité inquiète, nerveuse, se rua sur moi, tigresse avide, m'agrippa, décidée à boire tout le sang de ma pensée, en cette phrase affamée :

« Et maintenant, cher monsieur, causons

Reliure... Voyons...: cette belle reliure française si élégante, si incomparable, si floris-
sante... où en est-elle?... Évolue-t-elle également vers des horizons nouveaux, ainsi que
tant d'autres arts et métiers appropriés aux
livres et dont vous venez de m'entretenir?...
Croyez-vous à la Renaissance décorative de la
Bibliopégie?...

— Si j'y crois... monsieur, me hâtai-je de
répondre, mais je fais mieux que d'y croire,
j'affirme la marche en avant. — L'Art de la
Reliure, après une infâme stagnation dans la
copie du passé, commence à démarrer, et à se
diriger vers des voies encore insuffisamment
frayées, mais déjà lisibles et qui seront bientôt
de grandes routes très roulantes, empierrées
par l'habitude et dont on ne songera plus à
discuter le tracé ni le but élevé.

— Et que sera la Reliure de tout à l'heure?
amorça le menu petit-fils de Torquemada?

— Ce qu'elle sera?... Parallèle à l'esprit décoratif du temps, non pas seulement embléma-
tique, symbolique, mais généralisatrice, apte
à tout exprimer avec le sentiment des lignes et
l'harmonie des couleurs. Elle sera vraiment
artistique après avoir été si médiocrement une
chose de métier, de fabrication, de bonne con-
trefaçon. Songez donc, il y a encore quinze
ans, on ne faisait partout que de la copie de

l'ancien, du pitoyable vieux neuf, à petits fers
que veux-tu; on recherchait de bâtards accou-
plements de styles divers ; on polissait de « la
Janseniste » bête et froide, sur laquelle le
regard éperdu s'évertuait à patiner dans le
vide pour laisser au moins sur ce néant de dorure quelques fioritures de rêve. — Le Relieur
moderne n'inventait rien de plus que l'ébé-
niste ou le tapissier contemporain ; il proposait
comme ceux-ci du Louis XV, du Louis XVI ou
de la Restauration, et cela avec non moins de
prétentions et de suffisance, car aucun artisan
n'est aussi insupportable ni plus vaniteux que
l'ouvrier plagiaire parisien.

A part un initiateur, que MM. les Bibliophiles
puristes et solennels fuyaient consciencieuse-
ment et qui eut nom Amand, — qui s'en souvient aujourd'hui ! — nulle tentative, nulle
audace, nulle recherche ; partout une morne
banalité qui consistait, après avoir gravé des
fers d'après l'antique, à les combiner en tous
sens, ainsi qu'un enfantin jeu de patience,
sans aucun frais d'imagination. — C'était une
désolante insouciance d'art décoratif nouveau,
un perpétuel retour à Clovis Ève, à Duseuil,
aux Entrelacs italiens, aux Rinceaux de De-
rôme, à la sobriété de Padeloup ; on n'osait
guère encore rééditer Thouvenin, le dernier
des maîtres français vraiment digne d'un salut

24

sympathique, et l'on semblait imbécilement
hypnotisé par la gloire de Trautz-Bauzonnet,
ce fort en thème de la Reliure, sans le plus
mince génie inventif et dont les hautes
témérités comme petits fers furent des
priapes ailés commandés par l'Érotobiblio-
mane Hankey.

— Cependant, insinua ironiquement notre
homme, il me semble qu'à la mort de Trautz,
tous ses admirateurs pleurèrent comme les
Paladins à la mort de Roland. Après lui, on
ne devait plus relier en France, disait-on, on
ferait cartonner. Là consternation régnait au
pays du maroquin... que se passa-t-il donc?

— Il se passa ce qui se passe toujours... on
constata peu à peu que le vide laissé par le
vieux Trautz-Bauzonnet était moins vaste qu'on
ne le supposait; ceux qui avaient pris le deuil
ne le portèrent pas longtemps, on s'adressa à
Francisque Cuzin, doreur incomparable et
remarquable habilleur d'un corps de volume,
mais d'une imagination calme et d'un tempé-
rament peu artiste. Lortic, plus léger et plus
menu comme doreur que Trautz-Bauzonnet
eut ses partisans; toutefois il ne put conquérir
la faveur de quelques Bibliophiles à la mode
qui dirigeaient l'opinion d'en haut et ne réussit
qu'à moitié. Il avait le tort d'avoir du goût, de
la personnalité, de chercher à créer, alors que

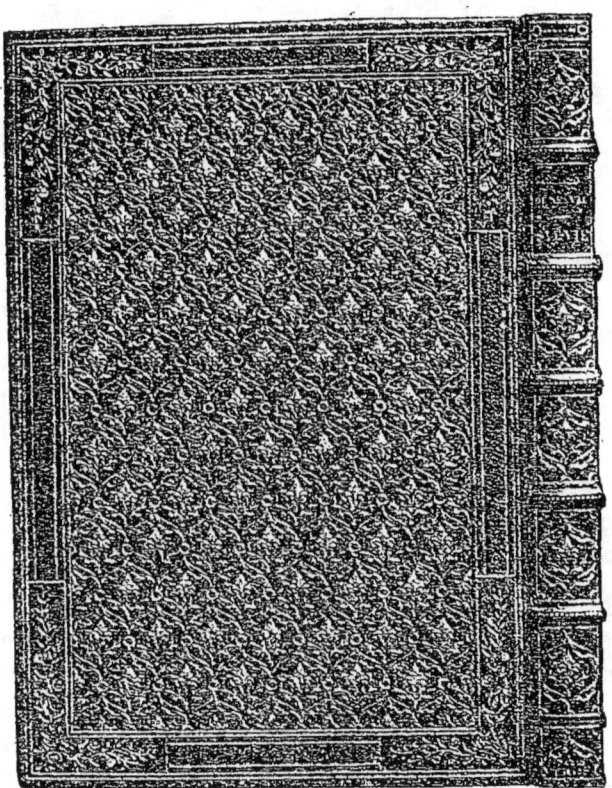

RELIURE DE PETRUS RUBAN.
Exécutée par semis de fleurs à petits fers sur un exemplaire
de la *Sylvie* de Gérard de Nerval.

Exemplaire reproduit d'après une gravure insérée dans le
Scribner's Magazine.

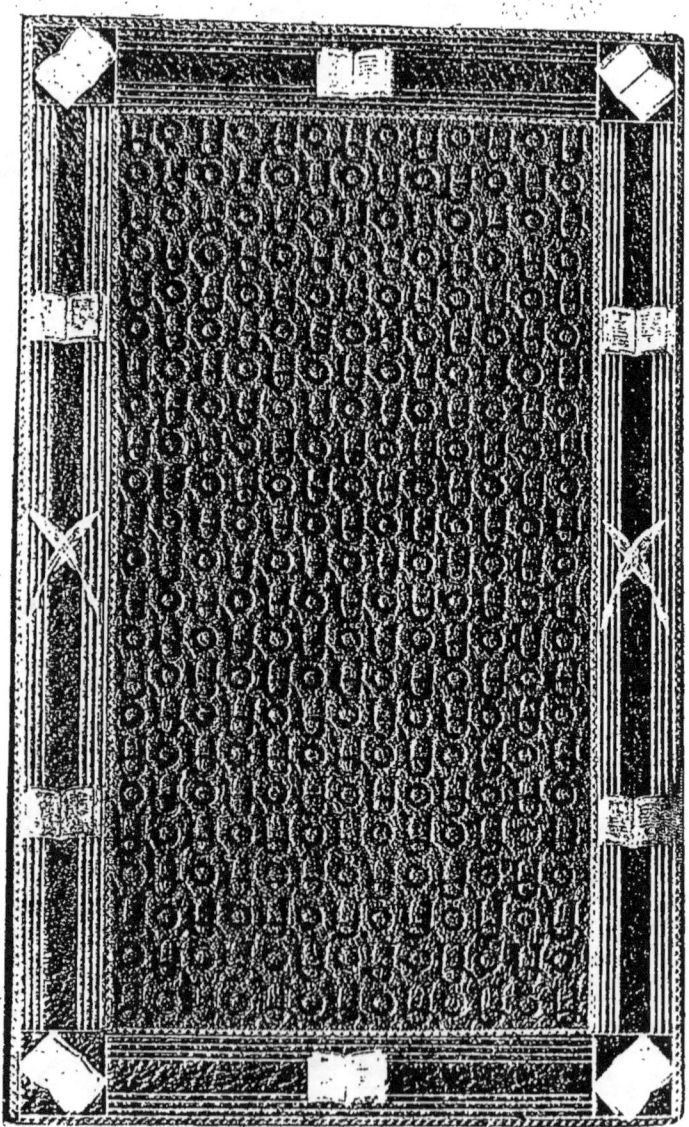

DOUBLURE D'UNE RELIURE DE VIEUXMAIRE.
Sur un Exemplaire du *Livre moderne*.

timidement, des reliures d'un sentiment nouveau, il fut impitoyablement mis à l'index par
cette génération de Bibliophiles petiots, rigides
ennuyeux comme des parapluies et lamenta-
blement fermés aux choses de l'art vivant, de
ces Bibliophiles qui composèrent la génération de 1875.

— Voyons, voyons... cher monsieur, grogna
mon interviewer, vous osez ainsi parler des
hommes de livres de 1875, à propos de qui un
de nos co-biblios les plus émoustillants a fan-
faré de si mirifiques marches triomphales en
admiration majeure... Avez-vous donc connu et
fréquenté ces piliers bien garnis d'écus qui sou-
tinrent certaines boutiques de passage ?...

— Non point...

Moi qui,
De neuf lustres à peine ai vu finir le cours...

comme eût dit Notre Père Hugo, je ne pou-
vais guère, à ces âges d'or du livre, contempler
que de loin ces hommes à tournure déplaisante
et qui inspiraient à mes vingt ans indépendants
et frondeurs une sincère et profonde antipa-
thie. Depuis lors, j'ai vu de nombreux grognards
de cette fameuse légion et j'ai conservé en
moi mes bâtons de longueur. Je suis peut-être
mal placé pour les juger ; je ne veux, n'aime,
n'apprécie que les êtres en dehors, les vivants,

les généreux, les visionnaires d'art, les amoureux enthousiastes, ceux qui sentent, qui
vibrent, qui savent voir, désirer et cueillir. —

Dos ornés.

Or, je vous garantis que la
génération de 1875 était aux
antipodes de l'art. Des gens
bien élevés, assurément, mais
de ceux que notre bon Rabelais nommait des *pisse-froid!*
— Comment auraient-ils fait
faire le moindre pas à la Reliure, les malheureux! Aussitôt
qu'ils lâchaient la lisière de la
copie ils s'effaraient;... un filet
sur un plat poussé en plus de
ceux que formula Dérôme leur
semblait une folle audace;...
les pauvres gens!

— N'avez-vous pas écrit il y
a environ dix ans, un ouvrage
d'allure rénovatrice et d'esprit
primesautier sur la *Reliure moderne?* minauda mon interlocuteur avec un sourire ave-
nant, et ne pensez-vous pas avoir, de ce fait,
incité quelque peu les idées révolutionnaires,
peut-être alors en germe dans le gouvernement
constitutionnel de la Bibliopégie ?

— Je vous répondrai, dis-je, avec mon im-

modestie bien connue, mon cher interrogateur.
Ne faut-il pas toujours plaider *pro domo sua*
jusqu'au jour où la mort nous réduise définitivement au silence? Voici donc :

Quand, sur la fin de 1886, la fantaisie nous
vint d'improviser un ouvrage sur
la Bibliopégie artistique contemporaine et de partir en guerre
contre la routine effroyable d'un
métier naguère artistique et éclatant, ce fut, il fallait s'y attendre,
une immense risée dans le monde
si réactionnaire du maroquin à
gros grain. Les Relieurs eurent
d'homériques soulèvements d'é-
paules chargés de dédain pour
l'audacieux profane qui venait les
troubler dans leur petite industrie coutumière et certains Bibliophiles de la vieille roche, qui af-
fichaient leur superbe pour avoir
osé faire pousser quelques fers
inédits sur leurs livres, ricanèrent
sans comprendre : « Que vient-il
faire parmi nous, celui-là, avec

Dos ornés.

son art renouvelé? — Que nous veut-il avec sa
Reliure moderne fantaisiste?... — MODERNE !...
Je vous demande un peu!... *moderne !* — Cela
vous a-t-il du sens? MODERNE ! La belle folie!

Ce n'était point assurément sur ces esprits constipés par l'habitude et tannés par le préjugé que la semence de nos idées pouvait germer et se développer. Chez tous ces Bibliosco-

pes, il n'y avait rien à faire pour nous; le grain ne saurait pousser sur des monocles. Il faut pour imposer une idée trouver un cerveau qui pense derrière des yeux qui regardent.

Ce ne fut donc pas dans la haute Bibliophilie dirigeante que mon *pronunciamiento* eut du succès; les sénateurs du maroquin demeurèrent figés dans leur mépris, hautains, aveugles et sourds comme il convient à toutes les vieilles réactions qui meurent impénitentes, irréductibles.

Dos ornés par Ch. Meunier.

Cependant, à Paris, en province même, et, disons-le, surtout à l'étranger, se formaient de nouvelles générations d'amateurs, curieux, chercheurs, artistes, amoureux de la forme et des interprétations synthétiques, désireux de sortir du banal, du poncif, du connu, du remâché.

Ceux-ci, comme nous, comprenaient une Bi-

DOUBLURE D'UNE RELIURE DE P. RUBAN.
Marottes et hirondelles alternées, — exécutée sur un Exemplaire
du *Paroissien du Célibataire*.

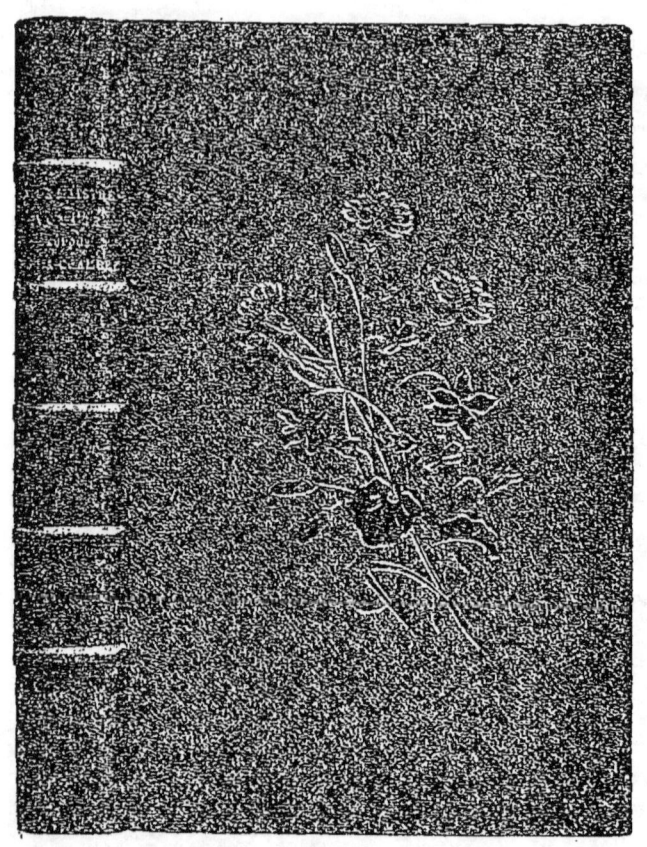

RELIURE DE MARIUS MICHEL.
Fleurs en mosaïque, serties d'or, exécutée sur un exemplaire
du *Voyage autour de ma Chambre* de Xavier de Maistre.

———

Spécimen reproduit d'après une gravure du Scribner's Magazine.

———

bliophile renaissante, aimable, aucunement
vieux-jeu, faite à l'image de notre temps et de
nos mœurs; ils voulaient pour l'extériorisation
de leur passion, pour l'enveloppe
de leurs livres, non plus cet aspect de bouquin qui décidément
devenait *coco* et *rasoir*; mais une
décoration symbolique, originale, gracieuse, spontanée, exprimant l'art et la fantaisie du
jour. — Ils pensaient que si les
anciens nous ont légué des chefs-
d'œuvre de genre, il fallait les
admirer, les acheter, en jouir
mais non pas les démarquer, les
copier gauchement et inutile-
ment, et qu'il nous convenait, au
contraire, d'obéir à la grande loi
d'évolution successive et de laisser à nos descendants des preuves de notre goût, de notre invention, de notre art ambiant.

Dos ornés.

C'est pourquoi, en dépit des
vieux bonzes ayant sur les yeux
la visière des classiques, une vigoureuse poussée eut lieu. De jeunes relieurs s'avisèrent
d'innover, de ciseler des cuirs, de rompre les
lignes, d'imaginer de larges mosaïques d'un
libre dessin, d'emprunter aux perspectives ja-

ponaises des combinaisons inédites, de s'inspirer de l'esprit du dessin des illustrateurs du
texte, de demander le concours d'ornemanistes
en dehors du métier et de
chercher des mariages d'ors
divers, d'argent et de platine
pour cerner les multiples tonalités de leurs intéressantes décorations.

Dos décoré
par Lucien Magnin.

Ils furent suivis pour tous
les *néo-Biblios*; ils eurent du
succès, beaucoup de succès,
au détriment de la vieille école
bientôt abandonnée et marás-
meuse. Les Américains, ces
amis de l'*out-side* et du *go a head*
réservèrent exclusivement
leurs dollars aux nouveaux venus; les *Biblio-Contempo* vin-
rent à la rescousse, et en moins
de dix ans la partie était gagnée, l'ornière était franchie,
la Reliure démarrait hors du
fossé stagnant où elle s'enlisait
depuis plus de trente années.

Notez, cher monsieur, continuais-je, perce-
vant un sourire sur les lèvres de mon auditeur, que je ne m'attribue que partiellement
le succès de cette petite révolution progres-

La Mélancolie, reliure, en cuir mosaïqué, de Camille Martin, de Nancy.

Reliure dessinée par la Comtesse Sparre de Helsingfors (Finlande).

sive ; je suis au contraire fort assuré de l'importance secondaire de mon rôle. A l'étranger, et plus particulièrement en Angleterre, les efforts des apôtres de l'art social, de ceux que guidait William Morris, agissaient avec une puissance rare ; en Amérique beaucoup de Bibliophiles inclinaient déjà vers des formules inédites pour la décoration de leurs livres et dans les pays scandinaves des statuaires s'essayaient à modeler en cire des motifs en bas-reliefs qui bientôt devaient être exécutés en métal ou en cuir repoussé.

Dos orné
par Lucien Magnin.

— Enfin... pourriez-vous me dire quels furent les premiers résultats de cette reliure d'art ? demanda mon Bibliophile toujours un peu blagueur, mais ironisant cependant avec modération.

— Les premiers résultats, cherchai-je, je ne saurais vous les préciser avec exactitude, toutefois je dois dire que débarrassée de son aspect de paroissien et de son allure de stérile maroquinerie de luxe, la

Reliure eut droit de cité aux Salons du Champ-
de-Mars et du Palais de l'Industrie, à côté des
industries d'art de premier ordre. Des peintres

s'adonnèrent à l'enrichir ; de véritables maîtres comprirent que,
comme l'affiche, la Reliure pouvait offrir l'expresion d'une œuvre
d'art hors ligne. De dédaignée
qu'elle était, elle devint intéressante. Enfin ! ce n'était point trop
tôt ; elle commençait à renaître
d'une vie nouvelle, encore in-
quiète, mais toutefois ardente et
curieuse d'inédit.

Nous sommes toujours, je
l'avoue, au début de cette heureuse poussée en avant ; un pas
est fait qui doit s'agrandir et se
répéter sans cesse jusqu'au but
définitif qu'on ne saurait envisager ni trop vaste ni trop élevé.

Ainsi que je l'indiquais dans la

Dos ornés
par Ch. Meunier.

Reliure moderne, il y a déjà neuf
ans, tout est à faire, à chercher,
à créer ; tout s'offre aux inventifs : les cuirs,
les soies, les émaux, les bois gravés, pyrogra-
vés, sculptés ; les cuivres, les étains, les mé-
dailles, les impressions sur toutes matières,
les ivoires, les plaques de fine porcelaine ou

de grès flammés, les broderies, les toiles
peintes, les miniatures, tout ce qui dans sa
minceur est rare ou joli, précieux, coquet,
d'un amusant relief, tout ce qui
se plaque sur un maroquin ou en
épouse les rinceaux, peut être
heureusement employé à l'état
libre ou emprisonné parmi les
ors et les fers à froid dans le car-
ton même du volume.

Il appartient aux amateurs de
guider les Bibliopégistes, de rechercher de nouvelles combinaisons, d'imposer leur goût et de
fournir pour leurs reliures des
matières précieuses recueillies
au cours d'explorations dans le
pays de la curiosité, ou dans les
flâneries de bazars durant de
lointains voyages. — Aux relieurs, il convient de ne pas se
recopier, d'être difficiles pour
eux-mêmes, de ne pas craindre
de faire graver sans cesse et en-

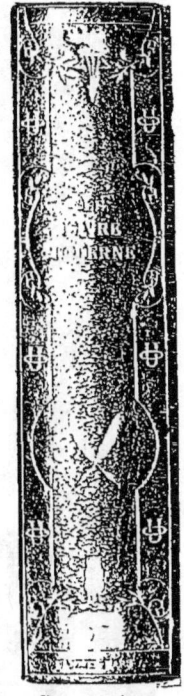

Dos orné par
A. Vieuxmaire.

core des fers inédits et de proscrire impitoyablement *le déjà vu*. — Quant aux libraires,
généralement esclaves de l'habitude, du train-
train journalier, ils sont de naissance, comme
l'ensemble des Français, ennemis systémati-

ques de toute innovation qui risque de troubler leur petite jugeotte; on peut croire ce-

RELIURE DE GRUEL EN CUIR REPOUSSÉ
exécuté sur un exemplaire du *Rêve*.

pendant qu'il leur serait tenu compte d'un effort pour devenir enfin plus accueillants aux praticiens chercheurs et artistes, dont le talent d'exécution se double parfois de l'attrait singulier d'un luxe original rehaussé d'une décoration largement conçue et développée.

RELIURE EN MOSAÏQUE A LÉGERS RELIEFS.
Exécuté par Ruban sur un exemplaire de *Un Cœur simple*.

— Mais, souligna mon interlocuteur, ne pourriez-vous me donner, aussi sommairement que vous le désirerez, et sans y apporter de parti pris, les noms des principaux Bibliopé-gistes de l'heure présente. Parmi ces novateurs, — j'entends parler des relieurs parisiens ou de province française, — combien en peut-on compter? — Comment se spécialise leur maîtrise? Quels sont en ce moment les plus favorisés du public des Bibliophiles, ou pour parler plus exactement, des *Bibliopégiphiles*?

— J'avoue, dis-je, que vous m'embarrassez fort et que vous ne semblez pas vous douter de la gravité de votre question... Comment m'engagerais-je dans une voie aussi périlleuse que celle où vous désirez me conduire? On ne saurait, croyez-le, rien improviser ni rien brocher sur la reliure, qui est un art de lentes préparations, de réflexion et de successives études. Il est d'abord fort difficile d'en parler congrûment. Le terrain est glissant et il est difficile de limiter ses frontières; pour peu qu'on touche à la Bibliopégie, on se sent traîtreusement entraîné vers le gros in-octavo, on fait un livre en un tome, puis en deux et le sujet apparaît si vaste à mesure qu'on l'étudie que les tomaisons s'augmentent d'elles-mêmes apportant avec elles l'inquiétude d'arriver à une conclusion.

Voyez notre *co-Biblio B****, qui, pour avoir voulu se faire l'historien de *la Reliure du*

RELIURE COMPOSÉE PAR G. HEILMANN
et exécutée par ANKER KYSTER de Copenhague.

XIXe *siècle* termine à peine son quatrième volume, après quoi viendra le cinquième et qui
sait, peut être le tome VI! L'histoire de la
Révolution française tiendrait moins d'in-folio et cela m'appert comme logique. — Com-

ment voulez-vous donc qu'en un simple bavar-
dage de quelques minutes je vous puisse utile-
ment instruire de ce que vous désirez savoir.

— Essayez toutefois, dit avec insistance
l'opiniâtre Bibliophile.

—Vous le voulez !... J'essayerai donc. — Sa-
chez qu'il y a peut-être à Paris une dizaine de
relieurs d'art, dignes de ce nom, je veux dire
de tailleurs pour livres qui ne font que le cos-
tume d'apparat avec les ors et les polychromies décoratives ; les autres ne sont que des
confectionneurs à la grosse, des cartonniers,
des *Bradelistes* dont il ne saurait être question.

Ces dix relieurs actifs, remuants, chercheurs,
font feu et dorure de tous fers, dévorent la
place, assiègent les amateurs, ont des riva-
lités aussi compréhensibles que farouches et se
divisent de leur mieux la clientèle possible de
Paris, de province et des deux Amériques.
Parler d'un ou de plusieurs d'entre eux, c'est
s'attirer les plaintes, les revendications, la
haine des autres, c'est se créer des inimitiés
fortement grecquées, des hostilités à compar-
timents, se préparer des vengeances à gros
grains et frappées à froid. Dans la corporation,
vous pouvez le croire, on peut avoir en apparence les coins arrondis et le dos poli, mais on
se monte la tête près de la coiffe et le cuir
individuel est sensible à l'excès.

Reliure en vélin d'un exemplaire de l'éloge de la Folie avec une peinture d'Eugène Carrière sur les plats.

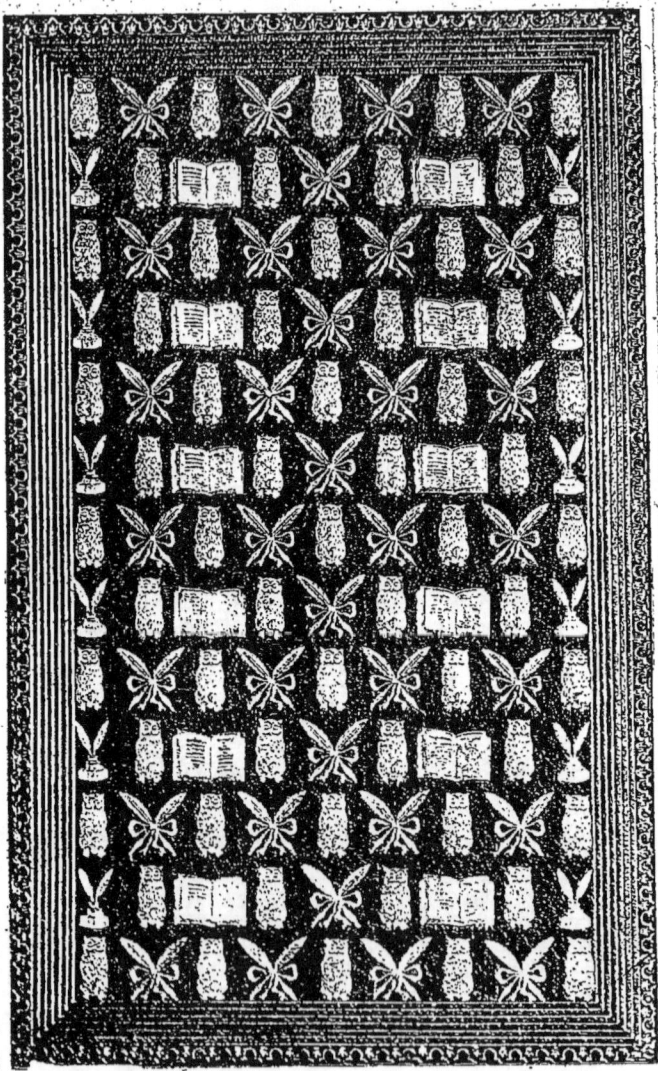

Doublure d'un exemplaire du Livre moderne exécutée par Charles
Meunier.

RELIURE EXÉCUTÉE EN MOSAÏQUES.
Sur un exemplaire de *Son Altesse la Femme*, par Lucien Magnin,
relieur à Lyon, d'après le dessin de Louis Bardey.

RELIURE DE T. COBDEN-SANDERSON.
Exécutée en 1876, sur un Exemplaire de *In Memoriam*;
fleurs de marguerites et feuillages poussés pièce à pièce, aux
petits fers, sur maroquin à grain long. — Spécimen bien
caractéristique du talent décoratif du relieur anglais, T. Cobden-
Sanderson, inspiré par le style de notre Renaissance.

— Il en est ainsi dans tous les métiers, dé-
clara très sententieusement mon interviewer.

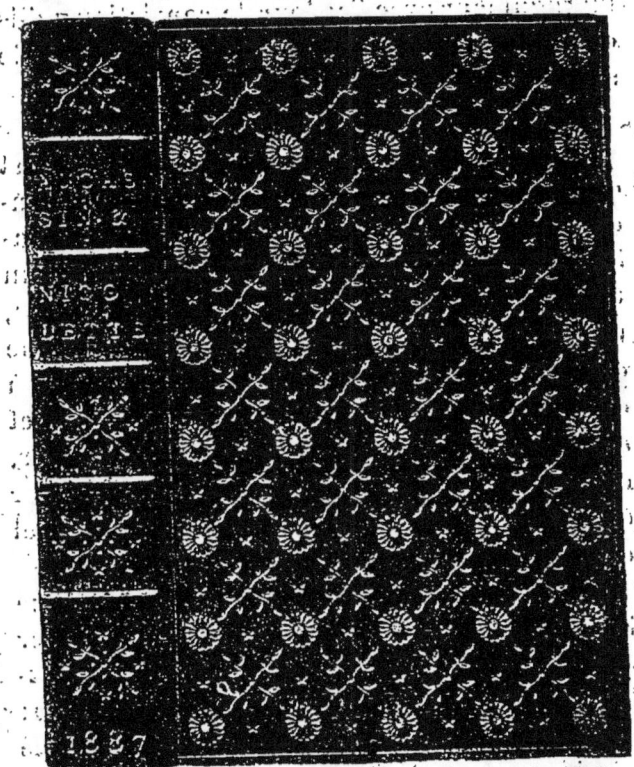

RELIURE DESSINÉE ET EXÉCUTÉE PAR S.-T. PRIDEAUX.

— Peut-être bien, mais ici la rivalité est
exaspérée, il y a non seulement les sourdes
jalousies, mais les guerres déclarées, les ba-
tailles de brochure .. que sais-je ! Et derrière

les combattants, les Bibliophiles sont là qui se
font une querelle de partisans soutenant leur
maroquineur avec l'ardeur de conviction qu'ils
ont de posséder des chefs-d'œuvres signés de
sa main.

Mais vous voulez des noms, en voici :

Marius Michel, élève de son père, vous est
connu ; il parla, il travailla, il écrivit beaucoup ; il dépensa largement de précieuses qualités ; ce fut à ses débuts un chercheur, un
théoricien d'art assez indépendant d'idées,
mais reflétant dans la pratique je ne sais quelle
éducation de style second empire qui nuit à
des productions toujours un peu massives et
qui ne revêtent pas ce je ne sais quoi de léger,
de sobre, d'exquis, que l'on voit se dégager
d'une œuvre d'art spontanée où le style officiel
d'aucune école ne transparaît.

Toutefois il faut être juste et accorder que
Marius Michel fut un des premiers à essayer
de lutter contre l'aveuglement du *Trautz-
Bauzonnetisme* et la folie de la copie à outrance ;
puis il nous est sympathique pour avoir été
décrié, nié, combattu, méprisé par cette belle
génération de 1875 dont je vous exprimais
tout à l'heure l'incroyable non-sens artistique
et la résistance obstinée à toute conception
de création nouvelle.

A Cuzin, — qui fut un triomphal doreur, —

succéda Mercier lequel pousse, ainsi que son
prédécesseur, ses ors à la profondeur d'une

RELIURE DÉCORATIVE DE P. RUBAN.

véritable Chryso philosophie. Excellent relieur, on ne saurait dire cependant que Mercier soit au premiers rangs parmi ceux qui
mènent le bon combat pour la décoration
nouvelle des livres. A ce point de vue d'art, il

est opportuniste; il ne s'aventure guère; il
évolue au centre. Comme tant d'autres, il
triomphera avec éclat le jour où la bataille
sera gagnée par les avant-coureurs, mais pra-
tiquement, il ne fait qu'un minimum d'efforts
non sans raison, car dans le sens des *business*,
peut-être tient-il la tête. La beauté de ses ors
attire l'argent dans la maison.

Petrus Ruban, qui se fit connaître il y a six à
sept ans à peine, est vraiment très allant, et, à
chaque livre relié, on peut dire qu'il est en
progrès. Intelligent, sachant voir et écouter,
s'assimilant facilement les idées du jour,
habile ouvrier, Ruban a déjà signé de nombreuses reliures qui resteront à son honneur.
Comme mosaïste surtout il n'a guère de rival
dans l'art de sertir ses motifs de filets ou de
fers à froid et — principalement — grâce à l'ingénieux relief qu'il sait donner à ses fleurs, à
ses feuilles, qui ont de douces saillies comme
une décoration sur médaille de Roty. Beaucoup de nos premiers *Biblios* mettent leurs
dernières acquisitions en pension chez Ruban
et se félicitent de les voir revenir somptueusement métamorphosées et correctement équi-
pées en un style d'un goût généralement sûr.

Charles Meunier est un jeune relieur modeste d'allure. A l'exemple de ses aînés il ne
vaticine pas dans les librairies; il n'intrigue

guère chez les Bibliopoles de marque et l'on peut dire qu'il ne doit qu'à son propre mérite la situation très enviable qu'il s'est acquise.

RELIURE DÉCORÉE D'ORNEMENTS EN PYROGRAVURE.
par Mᵐᵉ J.-M. BELVILLE.

Ses mérites sont de savoir écouter et de pouvoir s'approprier intelligemment les idées qu'on lui expose; il aime la recherche et il est suffisamment lettré et artiste pour ima-

giner des attributs harmonieux et bien en
rapport avec le sujet des livres qu'on lui con-
fie. Il n'hésite jamais à dessiner un modèle et
à faire graver un fer. Sous son aspect timide
il est très audacieux.

Il excelle tout particulièrement dans des
cuirs de bœuf hardiment ciselés d'un trait de
tranchoir ou de burin qui silhouette le sujet,
s'inspirant en cela de l'art des vieux relieurs
des xvᵉ et xviᵉ siècles, mais y apportant
moins de naïveté, plus de fini et de perfection,
grâce à des cuirs mieux préparés et à des
rehauts de couleur exécutés dans toutes les
tonalités depuis le rose transparent des chairs
jusqu'aux tons violents, aux pourpres accen-
tués, aux bleus profonds, aux ors les plus
éclatants. — Bien d'autres, avant lui, ont
travaillé le cuir ciselé avec plus ou moins de
goût et de bonheur et l'on ne pourrait affirmer
que Charles Meunier soit en droit de reven-
diquer ce procédé qui appartient à la commu-
nauté, mais il y a bien apporté toutefois sa
facture spéciale, sa formule personnelle et
quelques-uns des plats qu'il confectionna pour
vêtir les *Quatre fils Aymon*, de Grasset, ont
beaucoup de cachet, d'expression chevale-
resque et d'allure tranche-montagne.

Pour les petites figures symboliques arran-
gées sur le dos de ses demi-reliures, en des

mosaïques serties d'or, et pour lesquelles il
sait combiner les éléments de la flore avec

RELIURE COMMERCIALE
pour les exemplaires de *Out of Doors*
de M. Schuyler Van Sanselaer,
publié par Charles Scribnes's de New-York.

des attributs plus ou moins mythologiques, le
goût de ce jeune maître relieur est souvent
incomparable par sa sobriété et son entente
des filets à froid mariés aux ors et au platine

et par ses tons neutres mis en opposition avec
la chanson des couleurs dominantes.

Charles Meunier est encore un trop jeune
relieur pour oser se négliger; le niveau qu'il

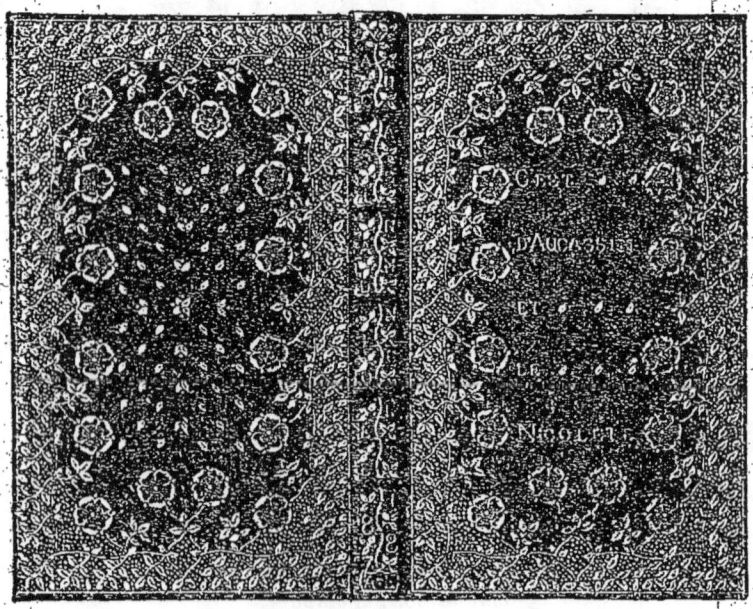

RELIURE A PETITS FERS DE COBDEN-SANDERSON.

atteignit, il le doit dépasser sous peine de
demeurer dans la médiocrité et la stagnation
banale où tant d'autres le devanceraient bien
vite. Il a, ainsi que tous ses confrères, et
c'est un devoir de le leur dire, beaucoup

RELIURE DE CHARLES MEUNIER.
Émail-portrait de Clodius Popelin, par Granjean,
enchassé dans un cuir incisé.

RELIURE EN MOSAÏQUES.
Exécutée par Lucien Magnin, relieur à Lyon, sur un exemplaire
de *La Française du siècle*, d'après le dessin de Louis Bardey.

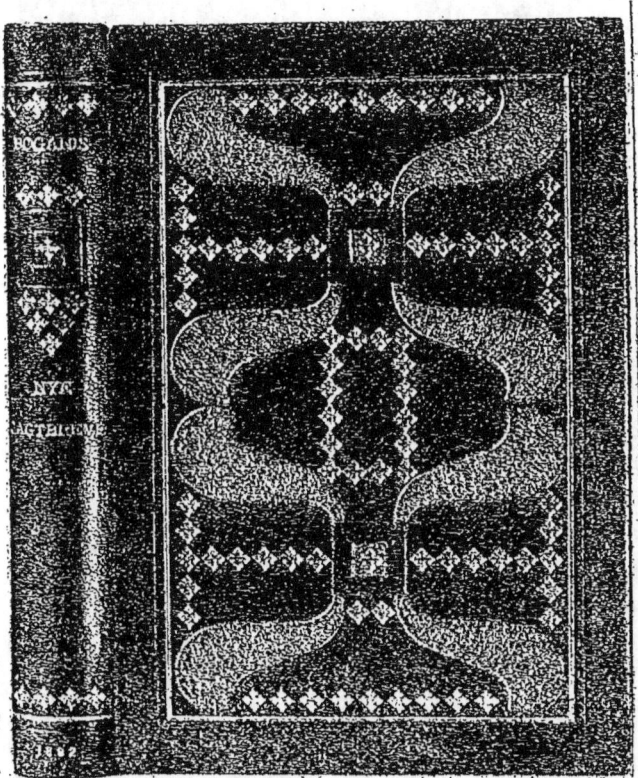

Reliure dessinée par Bɪɴᴅᴇsʙöʟʟ de Copenhague, et exécutée par
le relieur danois J. L. Fʟʏɢᴇ.

Reliure mosaïquée dessinée et exécutée par René Viener,
relieur d'art à Nancy.

RELIURE DE COBDEN-SANDERSON.

encore à travailler pour arriver aux altitudes de la véritable perfection.

Dans l'art de la composition, il leur faut à tous rechercher davantage les proportions exactes et heureuses, trouver des sujets simples, des riens exquis qui puissent fleuronner

les plats, s'astreindre pour la disposition des
couleurs à l'étude inexorable des complémen-
taires, rechercher plus fréquemment des
harmonies en deux ou trois tons sympa-
thiques, exécuter des symphonies de jaune et
de mauve, d'orange et de vert, de gris et de
rose et afficher parfois d'audacieuses orches-
trations de notes tumultueuses comme savent
le faire les Japonais avec tant de sûreté, de
hardiesse et de mesure. Ils doivent surtout
et toujours se retremper aux sources mêmes
de l'art, regarder ce qui vit, ce qui pousse, ce
que représentent les êtres et les choses, bien
observer toutes les structures de la flore et
tirer tout de leur vision et de cette seule et
grande éducatrice: la Nature.

— Et après ce Meunier, ne trouve-t-on plus
de grain à moudre? demanda, le sourire aux
lèvres, mon Bibliophile, devenu, je l'avoue,
très patient auditeur.

— Si fait, si fait !... Nous avons Léon Gruel
qui enchasuble de maroquin tous les parois-
siens de la chrétienté élégante et qui daigne
parfois sortir de son monopole pour habiller
avec un goût infini quelque reliure profane ;
on a pu voir de lui, en ces derniers temps,
quelques œuvres charmantes, mais ce n'est
qu'un irrégulier de la reliure artistique, les
missels de tous genres, l'absorbent en entier.

Nous avons également Chambolle, dont la
maison fut fondée vers 1834 par Duru et dont
les corps d'ouvrages sont recommandables,

RELIURE COMMERCIALE,
exécutée sur le livre *Many Inventions* de Rudyard Kipling.
(Appleton and Cᵒ, éditeurs).

puis, Marcelin Lortic qui succéda à son père
en 1892 et dont on connaît encore peu d'œuvres rares et, enfin Raparlier, qui « n'est pas
un manchot », comme dit le populo, et dont

la fantaisie mérite d'être soutenue ; ce dernier
ne boude pas la nouveauté, il est inégal mais
très souvent fort intéressant.

Qui vous citerai-je encore... ? Noulhac, un
tout jeune, très bien disposé et qui a la sagesse
de se concentrer et de faire acte de modestie
en s'adonnant à la reliure janséniste qu'il
double parfois de dentelles soleillées d'or.
Vieuxmaire a fait, — bien que inconnu, —
quelques *Pleins* réussis... puis c'est la foule où
l'on ne distingue plus personne.

Maintenant, si vous voulez passer en province, nous pourrons rencontrer à Lyon Lucien
Magnin, un relieur dans les brouillards des
quais du Rhône qui se remue peu et qui déjà
exécuta une dizaine d'œuvres vraiment impor-
tantes et qui lui font grand honneur. On peut
dire que c'est un novateur. Ses mosaïques
sont discutables mais fort curieuses à examiner ; il ne lui manque que d'être Parisien.

A Nancy, la reliure d'art triomphe avec
les noms de Victor Prouvé, Camille Martin et
René Wiener, qui tantôt isolément, tantôt
collectivement ont créé des reliures qui, au
point de vue du bibelot d'art véritable, seraient
des chefs-d'œuvre incomparables si l'on devait
uniquement les contempler sous vitrine et
non les manier. En tant que métier il paraît
que c'est affreusement défectueux. Je ne saurai

me prononcer que *de visu*, mais, il n'y a pas à dire, j'ai senti frôler mon idéal de Bibliopégie d'art à la vue de leurs œuvres exquises.

Je ne veux diviser aucun de ces trois complices, bien que des divisions se soient produites, mais je dois dire qu'en collaboration ils ont transculpté en mosaïque sur cuir des rêves délicieux péniblement réalisés à la suite de nombreuses esquisses et de longues études successives.

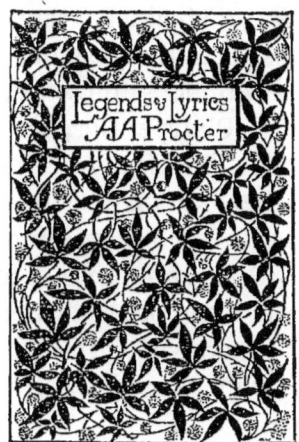

Dessin
pour une reliure commerciale.
Décoration anglaise.

Il me faudrait pouvoir rappeler des œuvres exposées au Champ-de-Mars par ces artistes pour vous montrer ce qu'ils ont su faire chanter, vivre et exprimer sur des cuirs merveilleux d'ensemble. Mais vous me demandez des indications et non des conférences, et ici je regrette mon rôle de guide succinct.

— Je le comprends, soupira mon Bibliopégimane, mais il faut se borner pour faire tableau généralisateur. — La reliure française est-elle au moins ici, et d'après ce que vous venez de me dire, close et toute synthétique?

— Pas encore, imaginai-je, car je songe à
tous ceux que j'allais oublier et qui, dans le
milieu des artistes, par la statuaire, en léger
bas-relief, par la pyrogravure, par les décorations translucides, essayent d'apporter de nouvelles formules ; parmi ceux-ci Mme Vallgren,
M^mo Waldeck-Rousseau, Mme Belville, Pierre
Roche, Charpentier, Desbois, Jacques Grüber
et tant d'autres qui mériteraient des pages
entières, si l'on s'avisait d'écrire une *Histoire
de la Reliure contemporaine*.

— Sans compter, objecta mon interlocuteur,
que l'on ne pourrait négliger la reliure d'art
à l'étranger où, j'imagine, elle apparaît aussi
bien qu'ici en pleine fièvre d'évolution, n'est-
il pas vrai?

— Mais, cher monsieur, vous ne sortiriez
pas de mon *home* sûrement avant demain si
nous devions faire ensemble un voyage
bibliopégique sérieux à l'étranger.—Le volume
de Brander Matthews récemment paru :
Bookbinding Old and New, ne fait qu'entr'ouvrir
la fenêtre de notre curiosité sur ce vaste
champ d'exploration. On voit naître chaque
jour de surprenants relieurs, tantôt à Londres,
tantôt à New-York, tantôt à Copenhague,
tantôt à Bruxelles ou à Pétersbourg. L'esprit
se refuse même à classer les noms de tant de

nouveaux venus, pour la plupart ignorés en notre beau pays, qui aime si peu regarder au delà de ses frontières.

Les noms de Roger Payne, de Francis Bedford, de Matthews, de Roger de Coverly, de Zahnsdorf, furent et sont aussi inconnus de la plupart des Bibliophiles français que celui de ce remarquable Cobden-Sanderson qui est actuellement regardé, tant en Angleterre qu'en Amérique, comme la figure la plus originale

Projet de reliure décorative concours du *Studio*.

qui se soit dressée sur l'horizon de la décoration sur maroquin depuis l'excellent virtuose Roger Payne.

Il faut avoir manié, ouvert, fermé, admiré sous toutes les faces les ouvrages recouverts par Cobden-Sanderson pour en apprécier la beauté et la belle exécution. Cobden-Sanderson fut l'ami le plus intime de William Morris qui vient de mourir, et de Walter Crâne, et l'art de la reliure s'est trouvé préparé grâce à lui à marcher parallèlement avec le grand mouvement du préraphaélisme anglais.

Cobden-Sanderson est d'ailleurs un fantai-

siste, un amateur qui ne relie que ce qui lui
plaît et quand ça lui plaît. Ses reliures rap-
pellent, à première vue, celles de notre Clovis
Ève, mais, en y regardant bien, une grande
et réelle originalité se dégage de toutes les
œuvres qu'il exécute.

Zahnsdorf, R. de Coverly, de Londres, Matthews, de New-York, Miss S. T. Prideaux,
dessinateur, écrivain et relieur praticien,
d'origine anglaise, Anker Kyster, J. L. Flyge
de Copenhague, la comtesse Sparre d'Helsingfors — qui fait montre d'une imagination
extraordinaire en ses inventions bibliopégi-
ques, — P. Claessens fils, de Bruxelles, et
maints autres que j'omets de vous nommer
au passage, mériteraient également les honneurs d'une étude documentée sur la personnalité qui se dégage de chacune de leurs
œuvres.

Vous voyez, monsieur et cher interrogateur,
dis-je, désireux d'abréger cet entretien, que
la matière prêterait aisément à l'In-folio.
Mais imaginez bien que l'art de la Reliure, qui
comprend également le dessin décoratif des
cartonnages commerciaux, devrait nous inci-
ter à parcourir toutes les officines de l'édition,
afin d'y découvrir et signaler tout ce qui ressort
de curieux, d'expressif, de rare. Or, comme en
Angleterre et en Amérique les livres se pu-

Reliure dessinée par H. Van de Velde, de Bruxelles et exécutée
par le relieur bruxellois : F. CLAESSENS FILS.

Reliure avec ornements, à froid dessiné par HANS TÉGNER de Copenhague et exécutée par les élèves de L'ÉCOLE DANOISE DU LIVRE.

blient sous d'élégantes reliures de toile illustrée, vous pouvez concevoir jusques à quelles misères de recherches il faudrait nous livrer si nous devions étudier cette question avec quelque sérieux. Ajoutez à ces travaux exécutés, ce que nos voisins nomment les *competitions* ou concours de dessins pour reliures inédites tels qu'ils ont lieu dans les revues d'art décoratif de Londres, de New-York et de Boston et qui ne sont jamais sans intérêt. Après quoi, jugez de l'étendue de la question.

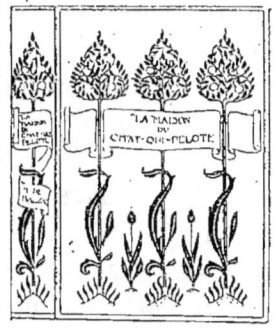

Projet de reliure décorative concours du *Studio*.

— Toutefois, parenthésa mon interlocuteur, croyez-vous sincèrement que la Bibliopégie soit sur le point d'atteindre son maximum d'habileté, de fabrication, d'expression d'art surtout ?...

— Oh ! que non, cher monsieur ! — nous entrons à peine en une époque de Renaissance et le public commence malaisément à se familiariser avec ce sens si rare et que si peu encore possèdent : le *Goût*. Quelques relieurs font de leur mieux, mais le métier chez eux domine trop et le dessin est médiocre et gauche.

puis les amateurs sont mous, oh combien! et
sans la moindre initiative, ce qui est pire!. .

La Reliure moderne ne peut devenir un art
absolu qu'autant qu'on y apportera des soins
aussi renouvellés que ceux nécessaires au
plus idéal tableau. La vérité serait que les
artistes peintres prêtassent leurs concours
aux relieurs intelligents et roublards et que
ceux - ci travaillassent leurs mosaïques d'a-
près des aquarelles spécialement faites pour
les possibilités des reliefs de la peau et des
granulations du cuir. Cela viendra peut-être, il
le faut espérer, car des décorateurs vont naître
chez nous, comme déjà ils sont venus à la lumière en Angleterre et en d'autres pays du
Nord. C'est à ceux-ci qu'il appartiendra bientôt
de transformer par le génie d'un dessin de
style nouveau nos pauvres industries tombées
dans l'affreuse rengaine des copies d'autrefois.

En attendant ce renouveau tant souhaité et
qui tarde trop, hélas! chez nous, les relieurs
livrés à leurs propres ressources doivent s'ap-
pliquer avec plus d'opiniâtreté à tirer de leur
imagination sans cesse sur le qui-vive, des
motifs décoratifs moins courants et moins
mesquins. Le fer qui fait attribut ne doit point
se répéter sans raison comme nous le voyons
réapparaître avec une trop grande fréquence
dans une pauvreté de motifs où il détonne et

n'a aucunement sa raison d'être. Trop de rabâchages, en vérité.

Nous n'ignorons pas que la difficulté du métier, ici comme partout ailleurs, c'est l'argent; là où il faut du temps, de l'étude, des essais et des recherches, l'argent doit affluer. Il est certain qu'une belle reliure exécutée avec une série de fers nouvellement gravés sur cuivre, et spécialement faits pour un seul Bibliophile, atteindrait des prix inouïs auxquels le client ne saurait toujours souscrire, préférant généralement une décoration déjà connue à une ornementation inédite qui menacerait de dégarnir tout son portefeuille.

Toutefois le conseilleur n'étant pas le payeur, pouvons-nous mieux faire que de recommander à la fois la variété constante des fers gravés, la recherche des harmonies mosaïquées, l'invention de nouveaux alphabets de caractères pour pousser l'inscription des titres qui n'ont presque tous qu'une même expression de lettres sans personnalité? Pouvons-nous ne pas dire qu'il serait naïf et téméraire de se déclarer trop vite satisfait des tentatives réalisées jusqu'alors, et d'y applaudir avec excès? Savoir les apprécier et les guider vers le mieux est encore de la plus stricte honnêteté.

— Ne me direz-vous rien de plus? dit d'une voix déjà plus lasse, mon Bibliophile interrogateur, en se levant pour prendre enfin congé.

— Ne trouvez-vous point que cette petite causette soit suffisante, infatigable curieux? Je viens de vous faire un résumé à *fleur de peau* de la reliure contemporaine qui devrait vous satisfaire, mais si votre zèle bibliophilique est encore excité, veuillez patienter. Vous avez beaucoup d'ouvrages à lire sur la question; quelques-uns ne sont pas encore achevés qui bientôt doivent paraître, puis, si cela vous peut être agréable et utile, apprenez également de moi-même que je me dispose à publier à bref délai une Monographie sur le sujet qui vous tient si fort à l'esprit. Ainsi, pour préciser et prendre rang, et date dès maintenant. Je ne vous célerai pas que cet ouvrage prochain se frontispiscera de ce titre :

LA DÉCORATION EXTÉRIEURE
DES LIVRES DE CE TEMPS
EN FRANCE ET A L'ÉTRANGER.

La Reliure d'Art.
Le Cartonnage Commercial Décoratif.
Les Couvertures Illustrées.

Vous concevez que ce livre-ci sera assez complet, sinon définif. Je le désire faire en ce temps psychologique, après que d'autres ouvrages de Bibliophiles « de carrière » auront vu le jour.

Au revoir donc, monsieur le Grand Inquisiteur, repris-je en saluant mon minutieux interrogateur avec un soulagement profond ; pour me venger de la si longue interview que vous venez de me faire subir, homme terrible, je vous ferai une prière : — léguez-moi, si vous devez au destin de trépasser avant moi, l'intégrité de votre cuir dorsal. — Je rêve pourquoi vous le dissimuler, de faire couvrir l'exemplaire spécial du Livre dont je viens de vous donner le titre d'une reliure cruelle mais originale, une reliure *en peau d'autrui*.

Il sourit, promit et sortit.

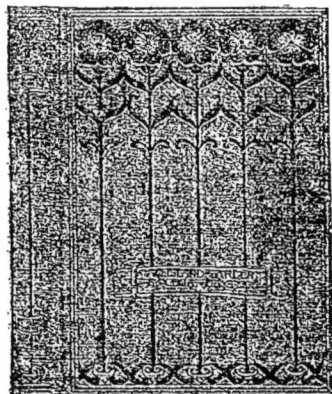

RELIURE COMMERCIALE

pour *An Island Garden* (Honghton, Mifflin and Cᵒ, edited).

LES EX-LIBRIS MODERNES.

Notes succinctes sur l'Art décoratif
de ces Marques de possession
en France et à l'étranger.

SI L'AMOUR NE VIENT QUI LE TURLUPINE
L'ART RAMPE ICI-BAS SE TRAINE ET CLOPINE

Ex- ~Museo

Tecum Habita

Octave UZANNE Bibliophilosophe

SECOND EX-LIBRIS DE L'AUTEUR
d'après un dessin inédit de Guérin (1808)
Gravure et interprétation à l'eau-forte par Frédéric Massé.

LES EX-LIBRIS MODERNES.

*Notes succinctes sur l'Art décoratif
de ces Marques de possession
en France et à l'étranger.*

 A monomanie des Ex-Libris pourrait être assimilée à la passion des Timbres-poste. L'une et l'autre ne remontent pas très haut dans l'histoire de ce siècle, mais la philatélie est entrée dans nos mœurs aussi profondément que le cyclisme et le nombre des victimes d'aveugle amour pour les Ex-Libris, encore assez restreint sur notre sol français, est considérable en Angleterre et en Amérique. — Le *Book-plate's Love* sévit à Londres, à Édimbourg, à New-York, à Boston, à Philadelphie avec une intensité qu'on ne saurait exactement

mesurer, mais qui nous paraît excessive, s'il faut en croire les journaux spéciaux et le

petit jeu des papiers imprimés qui réclament l'échange entre amateurs internationaux.

C'est aujourd'hui un plaisir cher à la majorité des Bibliophiles que de collectionner des Ex-Libris. Aussi cette passion, relativement récente et qu'ignorèrent les Bibliomanes du siècle dernier, s'est répandue dans les deux mondes avec une telle impulsion que les amateurs des marques intérieures de possession du livre sont maintenant aussi nombreux que les autographophiles et aussi fervents que les aimables colligeurs d'affiches polychromes.

Cette manie n'est pas toujours aussi innocente qu'on le pourrait croire, car parfois elle porte ceux qui en sont atteints

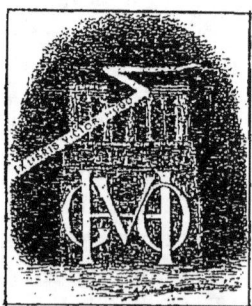

Ex-Libris Victor Hugo.

à lacérer quantité de beaux exemplaires de livres marqués d'une intéressante vignette.

Cette collectiomanie qui n'est plus seulement endémique, mais qui est devenue cosmopolite, ne date guère que de vingt-cinq à trente ans. — Déjà les Ex-Libris ont fourni matière à deux ou trois publications spéciales, dont la plus importante jusqu'ici est celle que rédigea Poulet-Malassis vers 1875, sous ce titre : *les Ex-Libris français depuis leur origine jusqu'à nos jours* ;

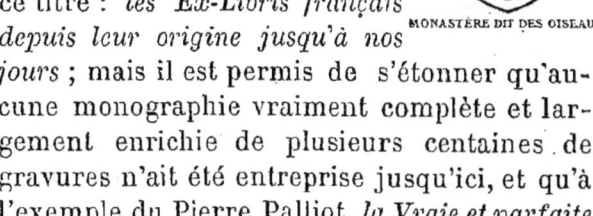

mais il est permis de s'étonner qu'aucune monographie vraiment complète et largement enrichie de plusieurs centaines de gravures n'ait été entreprise jusqu'ici, et qu'à l'exemple du Pierre Palliot, *la Vraie et parfaite science des Armoiries* que l'éditeur Rouveyre publia en fac-similé ou de *l'Armorial du Bibliophile*, on n'ait su réunir les plus fameuses marques et devises d'intérieur du livre, comme il fut loisible à Joannis Guigard d'être l'iconographe des reliures illustrées.

Bibliothèque de Napoléon III.

Chose curieuse, c'est de Londres peut-être que nous viendra le livre

qui reste à faire ; nous y voyons en effet an-
noncé, comme étant à la veille de paraître

chez George Bell and
Sons, un ouvrage intitulé
*French Book-plates, an
illustrated handbook for
collectors of Ex-Libris, by
Walter-Hamilton* (prési-
dent de l'Ex-Libris So-
ciety de Londres et vice-
président de la Société
des collectionneurs d'Ex-

Ex-Libris Théophile Gautier.

Libris), (tirage à 750 ex., 200 illust.).

Assez récemment M. Henri Bouchot publiait
un petit ouvrage très sommaire, mais délica-
tement présenté par un esprit en possession
de son sujet et qui n'eut, on le sent, demandé
qu'à développer son étude ; malheureusement
le livre était d'une insuffisance d'illustration
désespérante, car, per-
sonne, j'estime, ne son-
gera à contester cette opinion, — que ce qui doit
dominer avant tout dans
une publication illustrée
sur les Ex-Libris, ce sont
les reproductions, les do-
cuments visibles, exacts. Le lecteur collectionneur se soucie fort peu des descriptions ; il

EX-LIBRIS POULET-MALASSIS.

entend voir, juger, comparer, apprendre par
la vue et s'instruire par l'album mieux encore
que par le texte, si ingénieux
puisse-t-il être, du Bibliographe ou plutôt de l'Iconographe.

Or, il faut bien avouer
qu'il ne nous a pas encore
été donné de feuilleter un
véritable recueil d'Ex-Libris
français et étrangers; rien
ne serait plus aisé à faire cependant avec les
procédés actuels de reproduction typographique, et on peut affirmer qu'il se rencontre-
rait plus de trois cents amateurs *urbi et orbi*
susceptibles de débourser deux ou trois louis

pour l'acquisition d'un ré-
pertoire d'Ex-Libris artiste-
ment présenté, avec mé-
thode, intelligence et une
certaine entente de la question. Quant aux Ex-Libris
appartenant à des Biblio-
philes émérites, à des amateurs distingués, à des savants en notoriété, à des
hommes de lettres plus ou

Ex-Libris Paul Arnaul-
det, par Bracquemont.

moins illustres, la cueillette en serait abondante. Je n'en veux pour preuve que ce simple

chapitre, exécuté en manière de sommaire
pour la *Nouvelle Bibliopolis* et qu'on peut déjà

regarder avec intérêt, grâce à
son illustration de nombreuses marques et vignettes diverses, formant dans ce petit
cadre une illustration plus
nourrie que toutes celles des
publications ci-dessus dési-
gnées. La grosse plaquette de
Poulet-Malassis ne contenait, en 1875, que
vingt-quatre marques. On en trouvera soixante-
dix dans ces quelques pages.

Encore ne me suis-je vraiment point sur-
mené pour réunir hâtivement les quelques
pièces curieuses et dont la plupart sont inédites
qui figurent ici dans le texte.

La vignette de Ferdinand de Lesseps qui
ouvre la marche,
avec sa devise :
*Aperire terram
gentibus* est assez
banale comme
composition et
gravure, mais tou-
tefois intéressante
et inconnue; celle

Ex-Libris Félix Solar, d'après Bida.

de Victor Hugo, qui fait suite, est la plus répandue. Aglaüs Bouvenne, qui aura l'honneur

d'avoir inventé les plus fameux Ex-Libris de
ce temps, semble, dans la combinaison du
monogramme de notre
poète titan, s'être inspiré
du vers mémorable d'Au-
guste Vacquerie :

Les tours de Notre-Dame
    étaient l'H de son nom.

Cet Ex-Libris n'a pas
dû tirer à fort grand nombre, car la bibliothèque
du maître était un mythe,
et, si j'en crois M. Paul Meurice, les livres de
Victor Hugo auraient tenu dans le meuble le
plus exigu. Un exemplaire de la Bible formait
la tête de cette bibliothèque de moins de cinquante volumes.

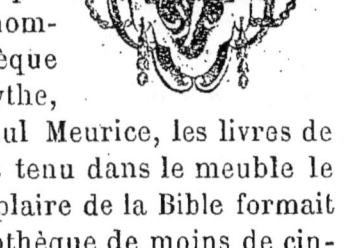

Ex-Libris P. Deschamps,
par Léopold Flameng.

Théophile Gautier, dont Bouvenne eau-for-
tisa la marque et enchâssa
le monogramme au fron-
ton d'un temple égyptien,
était plus Bibliophile que
Hugo, et le catalogue de
sa bibliothèque, lors de sa
vente après décès, for-
mait une assez forte bro-
chure, indiquant des livres en belle condi-
tion, et qui, je m'en souviens encore, se

vendirent aux enchères, à très bas prix, vers 1873 ou 1874, à l'hôtel Drouot.

L'Ex-Libris du *Couvent des Oiseaux*, celui de la bibliothèque de Napoléon III aux Tuileries, sont d'une incontestable curiosité : on les retrouvera reproduits sur le même feuillet.

La marque de Poulet-Malassis : *Je l'ai !* gravée par Bracquemond, n'est que le second Ex-Libris du libraire-éditeur. Le premier, plus ordinaire, avait cette devise : *Pauci-Boni-nitidi*. Ce second Ex-Libris est aujourd'hui non moins connu que celui des frères de Goncourt, Edmond et Jules, ces deux doigts de la même main nerveuse d'artiste, qui signa tant de chef-d'œuvres. Ga-varni dessina cette main parlante, et Jules de Goncourt grava la plaque de cet admirable Ex-Libris.

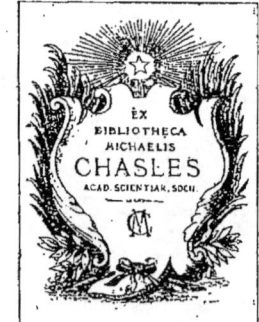

L'Hirondelle qui plane par ailleurs, sur un fulgurant soleil couchant, avec la devise du bohème : *Sempre vagare*, forme l'Ex-Libris du pauvre Mario Proth, le critique d'art mort il y a huit an-

nées, auteur du livre : *les Vagabonds*. Cette jolie
marque de lettré a été composée et gravée
par maître Bracquemond.

EX-LIBRIS
EDMOND ET JULES DE GONCOURT.

C'est par une lyre un
peu écrasée et nimbée de
rayons pénétrants que
Aglaüs Bouvenne a inscrit
en capitales grasses les lettres qui composent le nom
du poëte des *Humbles*. Cet
Ex-Libris de François Cop-
pée est à la fois original,
simple et très parlant ; j'aime moins celui
que cet ingénieux graveur des marques de
livres a composé pour le romancier réaliste
Champfleury : le miroir de la vérité abandonné

Ex-Libris d'Aglaüs Bou-
venne. Gravé par Brac-
quemond.

parmi les broussailles, et
dans le lointain une perspective cathédralesque ; on
dirait d'un cul-de-lampe
pour une fable allégorique.
Plusieurs épreuves de l'Ex-
Libris de Champfleury ont
été tirées avec des changements dans la perspective ;
l'état définitif qui a été
adopté après le décès de
l'auteur de *Chien Caillou* montre un premier
plan moins tourmenté et une cathédrale plus

haute et mieux assise sur l'horizon. C'est la marque d'origine qui se trouve ici reproduite

d'après l'eau-forte de Bouvenne, le dernier des Champfleuriolâtres. Jules Cousin, l'ancien directeur de la bibliothèque Carnavalet, possédait un charmant Ex-Libris qui ne fut jamais terminé, mais dont j'ai d'autant plus d'agrément de fournir la repro-

Ex-Libris héraldique RAOUL DE CAZENOVE.

duction ; ce petit moustique, aux ailes éployées portant leurs ombres, aurait pu se placer avec un malicieux esprit sur les volumes de Jules Cousin, mais le vieux Bibliothécaire est mort sans avoir trouvé le temps de faire usage de son Ex-Libris.

Aglaüs Bouvenne a encore japonaisement composé à mon intention, en 1882, un Ex-Libris, dont je livre volontiers la reproduction au public, bien que je ne puisse me résoudre à la considérer comme une marque défi-

nitive, que je rêve plus complète, plus expressive, plus lapidaire ; disons le mot. Ici le

hasard de la gravure a voulu que le nom d'Octave soit si singulièrement coupé, que sur la
ligne du bas de l'entourage
on lit : *Ave Uzanne*, ce qui
indiquerait que je me donne
un coup de chapeau d'une
complaisance rare et d'un
absolu ridicule.

On trouvera d'ailleurs au
verso du faux-titre de ce
chapitre sur les marques
de possession, un second
Ex-Libris d'après Guérin, élève de David, qui
ne saurait davantage me complaire entièrement.

Est-il un Bibliophile qui puisse se dire satisfait de son Ex-Libris ? — La formule et
l'expression d'art d'une telle marque de possession sont bien difficiles à résumer.

Je parierais qu'Aglaüs Bouvenne lui-même, qui a tant
peiné sur les Ex-Libris d'autrui, n'est point pleinement
satisfait de celui qui lui a été
dédié en 1875, par Bracquemond, avec la devise : *Col-
ligebat, quis perficict*. Il est
pourtant fort élégant et amusant, mais ne rêve-
t-on pas autre chose que ce qu'on possède ?

Chacun n'a pas la chance de posséder, comme Mme la comtesse de Noé, un nom d'Écri-

ture sainte qui permette de réfugier sa fantaisie sur l'arche préhistorique de laquelle nous sommes tous sortis ; chacun ne peut non plus, à l'exemple de Paul Cordier, tisser le chanvre du calembour sur la herse de son propre nom, ni s'ingénier avec l'esprit de Charles Monselet à composer des devises par à peu près, comme celle que celui-ci écrivait sur le vélum drapé au-dessus de la marque individuelle de sa bibliothèque : *Livres amoncelés*.

La difficulté d'arriver à posséder un bon Ex-Libris est si grande que Charles Asselineau fut torturé par la recherche du sien au point d'en faire graver coup sur coup cinq ou six sans parvenir à

se satisfaire. — La plupart de ces marques d'Asselineau sont connues, surtout celles signées par Bracquemond ; il en est une très bizarre, qui est ignorée et qui porte comme devise : *La femme qui n'est pas la colombe et le roseau est un monstre.* Pourquoi cet aphorisme ? — Mystère.

Ex-Libris Félicien Rops, par lui-même.

Eugène Paillet, le Bibliophile qui préside aux destinées de la Société des *Amis des Livres*, a eu, lui aussi, la hantise de la perfection et succesivement il fit graver trois Ex-Libris dont aujourd'hui il ne fait plus usage, ayant pris l'habitude d'apposer sa signature sur ses bouquins, qui sont encore suffisam-

ment dignes de cet honneur. La plus ancienne marque d'Eugène Paillet est une gravure à l'eau-forte : au-dessus de l'oiseau de Minerve, Paillet y inscrivait sa devise *Mente Libera*. Les deux autres marques intérieures des livres d'Eugène Paillet étaient beaucoup plus simples et dans le goût des Ex-Libris dorés sur cuir qu'adoptèrent

deux maîtres Bibliophiles, MM. Quentin-
Bauchart et Henri Béraldi.

« Il est à remar-
quer, écrit Henri Bé-
raldi dans une des
notes de ses *Graveurs*,
qu'aujourd'hui les
vrais Bibliophiles s'ef-
forcent de contami-
ner le moins possible
leurs livres par l'ap-
position de leurs Ex-Libris. Ils ont donc des
Ex-Libris aussi petits que possible. En général, ce sont de simples filets d'encadrements
entourant le nom. On les fait faire par son
relieur. Les non-Bibliophiles, ajoute-t-il, ont
des Ex-Libris gigantesques, où ils étalent des
blasons, des chiffres, des
emblèmes, des devises,
des rébus, des sujets de
guerre, placards qui en-
combrent toute la garde
des volumes. On devrait
se garder de déposer ces
choses-là sur des livres
précieux. »

Ex-Libris de M. Raisin,
gravé par Van Muyden.

« Considérons, dit en-
core Béraldi, l'Ex-Libris comme un aéromètre
servant à titrer le degré de force bibliophilique

de son possesseur, et formulons un axiome à
la Balzac : *La valeur d'un Bibliophile est en raison inverse de la dimension de
son Ex-Libris.* »

Je ne suis pas bien sûr que
Henri Béraldi n'ait pas fait,
dans ces quelques lignes, un
paradoxe très facile à démonter par l'artillerie considérable des preuves les plus oppo-
sées à son axiome ; mais je me garderai bien
de me laisser entraîner dans une véhémente
dissertation qui sortirait assurément du cadre
de cette très hâtive notice.

Je dois dire cependant que j'apprécie et que
je déguste même avec saveur les Ex-Libris par-
lants, qui me montrent comme celui de Georges

Vicaire, un portrait du Bibliographe de la gourmandise cui-
sinant sa passion sur le feu
lent de la recherche ; il ne me
déplaît pas non plus qu'un savant aéronaute, comme Albert
Tissandier, s'avise de placarder dans tous les ouvrages de
sa bibliothèque de spécialiste
son Ex-Libris, en forme ronde,
où un ballon monte, gonflé, vers les altitudes
de la pensée et du travail. Celui de son frère

Gaston est une marque également aéronauti-
que et elle reste charmante et très artistique.

Lorsque le Biblio-
phile est de fa-
mille noble, je
tiens pour agréa-
ble de trouver sur
son Ex - Libris,
ainsi que sur celui
du marquis de
Granges de Sur-
gères, les écus ac-
colés de deux fa-
milles, dont celui
de Moretus d'Anvers, qui est *d'or, à l'aigle éployé
de sable, surchargé d'une ombre de soleil d'or à
la champagne, échiquetée d'azur et d'argent.*

- Plusieurs de mes ex-collègues des *Bibliophiles
contemporains* possèdent des Ex-Libris assez originaux, MM. A. Kuhnholtz-
Lordat, Bibliophile de Mont-
pellier ; Vigeant, le
Bibliographe de l'Es-
crime ; Paul Eudel,
qui fait revivre en sa
marque les armoiries
de sa famille d'après

une gravure du XVII° siècle ; Eugène Jacob, le
notaire honoraire d'Angerville, dont la vignette

de possession, composée par son neveu Métivet, représente l'échelle de Jacob, peuplée
d'anges amoureux des Livres ;
enfin le prince Roland Bona-
parte, qui emploie l'Aigle des
Napoléons pour son immense
bibliothèque ; tous ces Bibliophiles fringants, chercheurs
et lettrés seront de mon avis
et penseront, à l'encontre de
l'opinion de Béraldi, qu'il est

permis de confier à un véritable artiste, et non
pas à un relieur à petits fers, le soin d'exprimer
par un emblème individuel sa personnalité de
Bibliomane.

Mes collègues anglais et américains, qui
sont, eux aussi, de purs délicats, très gour-
mets du Livre, jusqu'à la
moelle, ne jugent pas da-
vantage la valeur d'un Bibliophile à la dimension de
sa marque de possession.
M. H.-S. Ashbee, aussi judicieux Bibliographe que
spirituel mandarin de lettres, qui a chargé Paul
Avril d'entourer son mé-

daillon d'une allégorie faite des deux idées
évoquées par l'énonciation de son nom en

anglais : *Frêne* et *Abeille*, est également de
notre parti, et l'illustrateur de l'*Éventail* a exécuté une délicieuse gravure trop délicate et
trop fine pour subir ici la reproduction.

C'est également Avril qui a mordu à l'eau-
forte, dans le goût du XVIIIe siècle, la marque
de M. Beach de Forest, un membre du *Grolier-*

Club qui possède les plus beaux livres de
New-York, et qui préfère, j'en suis sûr, la
fine vignette de Paul Avril à tous les encadrements de son nom exécutés par les *books
binders* les plus célèbres d'Amérique.

Ne croyez-vous pas l'Ex-Libris du fameux
général Wolseley, baron du Caire, dont la
magistrale gravure est trop compliquée pour
être reproduite ici, avec sa triple devise, dont
la plus apparente : *Homo Homini Lupus*, est bien
amusante pour un général, ne pensez-vous pas,
dis-je, que ce beau placard héraldique, de
même que celui du comte de Lavaur de Saint-

Fortunade, ne soient supérieurs aux morceaux de cuir estompé que l'on essayera bien en vain de mettre à la mode ?

N'insistons pas, l'Ex-Libris de cuir doré nous semble barbare et condamné.

Assurément je me trouve très à l'étroit pour faire évoluer mes idées dans le défilé de ces images, mais on conviendra que je n'ai pas à m'étendre sur chacun des Ex-Libris que j'ai fait reproduire ici pour l'agrément des lecteurs Bibliophiles. Les uns n'ont pas besoin de la plus élémentaire légende et

les autres ne réclament guère de nous qu'une remarque légère au passage.

Je signalerai parmi ces diverses gravures peu connues, la charmante et rare composition de Bida, gravée par Pollet, dont Félix Solar, le fameux financier-littérateur, ami de Mirès, eut le bon goût de se choisir comme marque intérieure de ses

livres. C'est un bijou que ce liseur oriental
sans autre mention que la signature si divul-
guée de Solar. Les épreuves de cette jolie
vignette sont généralement tirées en un bistre
rouge très doux.

Un autre Ex-Libris capital est celui du grand
Bibliophile américain Brander Matthews, qui

montre dans sa moliéresque devise circulaire :
Que pensez-vous de cette comédie ? un Indien,
véritable Peau-Rouge de F. Cooper, qui
abandonne son tomahawk pour admirer un
masque comique très antique de forme.
E.-A. Abbey a condensé dans ce dessin, avec
un grand talent, tout l'esprit de l'Amérique
moderne. Assez curieux aussi l'Ex-Libris de
D. Jouaust, — feu l'éditeur suicidé sous son
solde, — avec la devise livresque : *Non loquitur
nisi rogatus.*

La très large composition de Bracquemond
pour le dilettante Paul Arnauldet, avec la

spirituelle devise anti Groliéresque : *Numquam amicorum*, est également une pièce digne de braver le temps.

Remarquez cet âne mélancoliquement cou-ché et méditatif ; il ne porte ni devise ni nom de possesseur ; il fut gravé par le maître aquafortiste Léopold Flameng pour P. Deschamps, Bibliophile de ce temps. — Est-il nécessaire de montrer toute l'éloquence de cet Ex-Libris, qui ne réclame aucune légende rappelant aux plus savants leur fatale ignorance.

Je ferai une simple mention pour la vignette de Raisin, Genevois, par son compatriote Evert Van Muyden, un artiste très personnel.

Cette étoile qui brille au fronton du dernier Ex-Libris, inséré ici dans le texte, c'est l'Étoile *en toc* de l'à jamais inoubliable collectionneur Michel Chasles, de l'Institut, dont le nom sera pour toujours lié à celui de Vrain Lucas et aux faux autographes fantaisistes.

D'autre part, il me sera permis d'attirer l'attention sur l'intéressante marque de

M. de Pellerin de Latouche, œuvre exquise du dessinateur A. Giraldon, et sur celles de Mᵐᵉ Anatole France par Calmette, de Félicien Rops par lui-même avec la devise de ce maître ironiste :

Ex-Libris J. Brander Mathews, par Abbey.

« *Aultre ne veulx être* »

Je ne sais s'il existe en France, à l'heure actuelle, de grands et fervents collectionneurs de marques intérieures du livre ; aucun indice de grandes passions ne m'apparaît encore distinct. En Angleterre et en Amérique il n'en est pas de même et les *Book-plate-lovers* sont légion. L'*Ex-Libris Society* de Londres, qui possède son journal spécial, trop peu moderne à mon gré, compte de nombreux adhérents, et les soirs de réunion,

après dîner, il se fait un échange considérable de vignettes de possession entre les convives.

Les Anglais, d'ailleurs, commencent à considérer le dessin d'Ex-Libris comme une intéressante branche de
l'art décoratif, et les
maîtres peintres d'ou-
tre-Manche ne dédai-
gnent pas, à l'heure ac-
tuelle, de composer et
de signer un Ex-Libris ;
ils apportent même un
entrain spécial dans ce
genre de composition
spécial, en faveur du-
quel les revues d'art

décoratif, comme le *Studio*, organisent des concours qui produisent de
surprenants résultats.

L'Ex-Libris anglais se
trouve conduit actuelle-
ment sur deux voies bien
distinctes : l'une assez
archaïque et qui s'ins-
pire du style XVIᵉ siècle
allemand, avec des feuil-
les d'acanthe, des ar-
moiries, des cimiers et
toute une ornementa-

tion fleurie chargée de symboles, a pour chef
le graveur spécialiste C. W. Sherborn qui est

l'auteur de centaines d'Ex-Libris, dont l'un de ceux de A. W. Thibaudeau ici reproduit; l'autre

voie est suivie par les disciples du préraphaëlisme et R. Anning Bell semble y conduire la marche. On doit en effet à Anning Bell les plus artistiques *bookplates* de ce temps. Ceux qu'il composa pour Harriet Borthwith, pour Joshua Sing, avec la devise *Celestia canamus*, pour Nora Beatrice Dicksee, pour Frederick Brown, pour Yolande, Silvia, Nina Noble Pym avec cette exergue: *Viá*, sont des œuvres excessivement remarquables et d'un haut caractère d'art.

L'Ex-Libris de Nelson pour Ernest Scott, celui de Macdougall pour Jane Hay, ceux de Francis Edwin Murray et de Austin Dobson, dans le goût de Meissonier, sont également dignes d'être cités, mais, pour être

sincère, l'étude de l'Ex-Libris anglais contemporain ferait l'objet
d'un livre des plus
étonnants et des plus
révélateurs. Je ne
crois pas que nous
soyons en état de
nous mesurer actuel-
lement avec l'école
des dessinateurs an-
glais sur le terrain des
Ex-Libris. Ceux-ci y
sont vraiment supé-
rieurs. Les amateurs
allemands ne me pa-

raissent guère inférieurs aux collectionneurs

anglais, car il vient de
se créer à Berlin, à
l'exemple de celle de
Londres, une *Société
d'Ex-Libris* qui promet
de prospérer sous la
direction de son pré-
sident, Frédéric War-
necke, l'auteur d'un
excellent livre connu et
très apprécié sur les
Ex-Libris allemands.

Au surplus, nous pourrions nous passer très

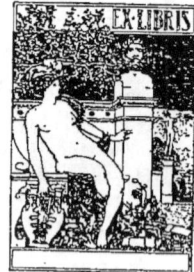

EX-LIBRIS ANGLAIS.

EX-LIBRIS ANGLAIS.

aisément de toute Société spéciale, s'il se rencontrait un homme d'initiative et de loisir qui voulût entreprendre un Dictionnaire historié des Ex-Libris. Ce serait là le complément nécessaire et comme la *doublure* de *l'Armorial* de Joannis Guigard, et son succès ne serait pas douteux.

— On s'imagine en effet aisément ce que pourrait être un tel travail alphabétiquement dressé avec des reproductions réduites, placées dans le texte vis-à-vis du nom de famille du propriétaire. Il y aurait là matière à un très gros volume aussi ventru qu'un tome du Larousse.

Mais il me plaît de supposer que le succès pourrait largement récompenser l'effort du catalographe et que les souscriptions ne manqueraient pas d'affluer chez l'éditeur qui entreprendrait ce *Dictionnaire illustré des Marques de Possession du Livre.*

La Bibliothèque nationale possède, au *Cabinet des estampes,* une série considérable d'Ex-Libris recueillis en volumes factices dont le nombre n'est pas inférieur à cent tomaisons alphabétiques très fortes.

Parmi les centaines de mille de vignettes originales, qui s'y trouvent classées, il n'y aurait qu'à choisir avec discernement et un homme de goût pourrait y dévouer son loisir et laisser ainsi son nom à la reconnaissance des Bibliophiles futurs.

Lorsqu'on songe que tant d'hommes inoccupés et soucieux de gloire cherchent souvent des moyens d'action susceptibles de complaire à leur vanité, il est permis de leur indiquer ici cette mine véritable d'iconologie à exploiter. — La notoriété qui en résulterait serait évidemment discrète, mais je puis garantir qu'elle serait durable, comme tout ce qui touche à l'histoire des livres. Qui donc fera ce *Dictionnaire illustré des Ex-Libris?* Je souhaite,

en tout cas, qu'il soit bientôt entrepris. —
L'heure est propice ; la curiosité de l'Ex-Libris
est générale en France et à l'étranger, les
collectionneurs des deux sexes foisonnent et
cherchent à se documenter. — J'aimerais fort
à voir recueillir ce dernier vœu de l'auteur
de la *Nouvelle Bibliopolis*, parmi tant d'autres
déjà exprimés sur les diverses passions bou-
quinières de l'heure présente.

Puisse-t-il être exaucé ce vœu d'un amoureux des Livres qui, sentant ne pouvoir jamais
réaliser toutes ses conceptions bibliographiques, se plaît au moins à semer ses projets
aux quatre vents de la publicité dans l'espoir
de les voir adoptés par autrui. Nous avons
tous de ces enfants naturels que nous devons
abandonner au berceau avant de les marquer
de notre Ex-Libris.

TABLE DES CHAPITRES

ACHEVÉ D'IMPRIMER

SUR LES PRESSES TYPOGRAPHIQUES

de

ÉDOUARD CRÉTÉ

A CORBEIL

Le 9me jour de Novembre 1896.

SOUS LA DIRECTION DE L'AUTEUR

Les Marges lithographiques polychromes
de cette publication

ONT ÉTÉ TIRÉES SUR PIERRE A L'IMPRIMERIE

DE EUGÈNE MAULER

A PARIS.

LA BIBLIOSCOPIE

☙

SUR LES QUAIS DE LA SEINE

LES ÉTAPES DE LA BIBLIOPHILIE

✤

LE ROMANTISME

LA RELIURE

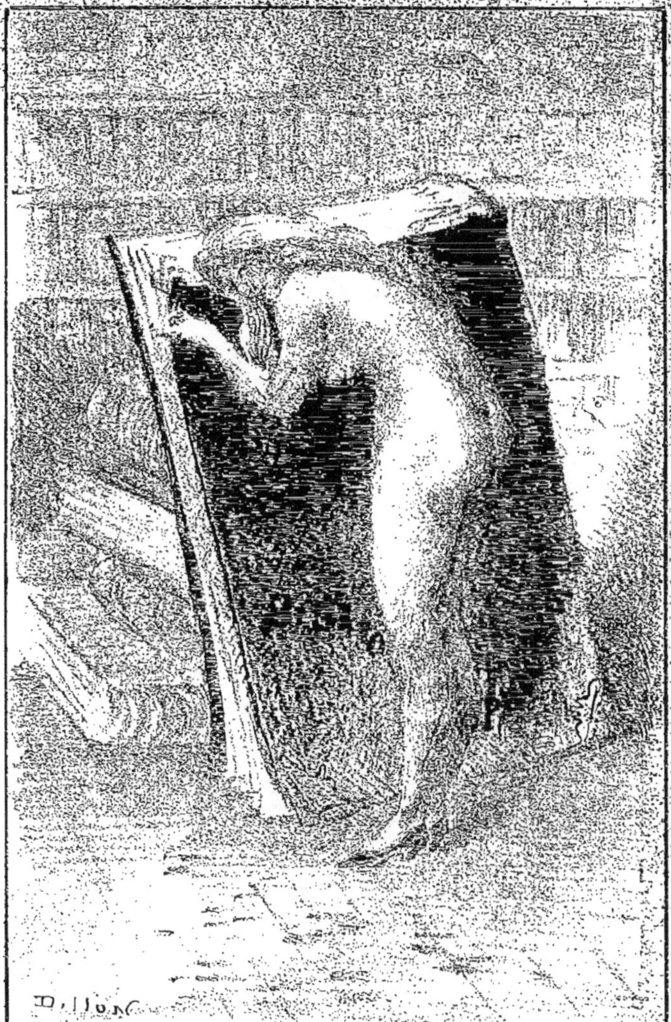

PHYSIOLOGIE DU LECTEUR

LES ENNEMIS DES LIVRES

www.ingramcontent.com/pod-product-compliance
Lightning Source LLC
Chambersburg PA
CBHW070209030726
47505CB00006B/1614